mulheres
perfeitas

GERENTE EDITORIAL Roger Conovalov **DIAGRAMAÇÃO** Sara Vertuan **REVISÃO** Luisa Bruno Mitiyo S. Murayama **CAPA** Lura Editorial	Todos os direitos desta edição são reservados à Séfora Oliveira. Primeira Edição **LURA EDITORIAL - 2021.** Rua Manoel Coelho, 500. Sala 710 São Caetano do Sul, SP – CEP 09510-111 Tel: (11) 4318-4605

Todos os direitos reservados. Impresso no Brasil.
Nenhuma parte deste livro pode ser utilizada, reproduzida ou armazenada em qualquer forma ou meio, seja mecânico ou eletrônico, fotocópia, gravação etc., sem a permissão por escrito da autora.

Dados Internacionais de Catalogação na Publicação (CIP)
(CÂMARA BRASILEIRA DO LIVRO, SP, BRASIL)

Oliveira, Séfora.
Mulheres perfeitas: Séfora Oliveira – Lura Editorial – 1ª Edição – São Paulo, 2021.
120 p.

ISBN: 978-65-86626-77-3

1. Ficção 2. Contos I. Título.

CDD: 869.3

---

www.luraeditorial.com.br

Séfora Oliveira

mulheres
perfeitas

LURA

Que nada nos defina,
Que nada nos sujeite.
Que a liberdade seja a
nossa própria
substância
Já que viver é ser livre.

Simone de Beauvoir

Sumário

Mulheres perfeitas 09
A hora do jantar 47
Caleidoscópio 53
Nuvens 56
Prisão 59
Molas 61
A pomba 64
Portas automáticas 67
O telefonema 71
Chinelos azuis 80
Gaia 82
A madrasta adormecida 84
Dia de faxina 91
Corretor maldito 95
Sentada na varanda 97
A amante 101
Amiga pra cachorro! 106
A árvore de Sofia 108
Greve geral 111
Moça de família 114
Olhar de soslaio 117

Mulheres Perfeitas

ANA

Ana coou o café à moda antiga: despejou a água fervendo sobre o pó contido no coador de pano. Assim, a bebida ficava forte e cremosa, mostrando todo o seu sabor. Nada de leite, creme nem açúcar que tiravam todo o prazer do amargor próprio do café. Retirou o pão da torradeira e se sentou atrás da bancada de mármore da cozinha. Ingeria em golinhos a bebida quente, enquanto repassava, na sua agenda, os compromissos do dia. Reuniões de trabalho até às onze e quarenta, almoço com a mãe ao meio-dia, apresentação do projeto do novo shopping center às quatorze e apresentação de balé da Clara às dezesseis horas. Entre um compromisso e outro, uma ida ao salão para escovar os cabelos e pintar as unhas. Dia apertado. Seu único consolo era o encontro mensal com as amigas às vinte horas.

Depois de enfrentar o trânsito terrível de Salvador, ela chegou no escritório da Arquitetura Design. Elegância era a primeira palavra que surgia na cabeça do visitante ao entrar lá. Em tons pastéis, com móveis assinados e pinturas originais nas paredes, cheirava a dinheiro antigo e a classe. Seu fundador, Horácio Lins e Albuquerque, pertenceu a uma família tradicional, que enriqueceu com o mercado imobiliário nos anos de 1920. Seu herdeiro, o atual chefe de Ana, recebeu, além da fortuna, o nome do avô. A primeira reunião dela naquela manhã era com o próprio.

Munida com os seus desenhos e anotações, Ana se dirigiu para a sala de Horácio. Sentado atrás da sua imponente mesa de carvalho, ele levantou a mão pedindo que ela esperasse enquanto lia uma pilha de papéis com o timbre da empresa. Ana aproveitou para examiná-lo. Era um homem bonito, avançado nos cinquenta anos, mas mantendo uma aparência de mais jovem, com um corpo torneado em academia e cabelos escuros, apenas levemente grisalhos nas têmporas. Seu rosto tinha aquele ar inteligente e sofisticado dos bem-nascidos. Vestia um terno cinza sob medida e gravata cor de vinho, tornando-o mais atraente.

Ana não se deixava enganar, ele era um predador. Histórias estranhas corriam pelos corredores da empresa: assistentes que se demitiam, ou eram demitidas repentinamente, sem qualquer explicação; casos de promoções de funcionárias sem qualificação adequada; pagamento de propina para os jornais abafarem as notícias desabonadoras... mas o que mais incomodava Ana eram os olhares de cobiça, frases de duplo sentido nas reuniões, e toques acidentais no seu corpo. Por isso, tinha muito cuidado ao se reunir com Horácio.

— Bom dia, minha querida! Desculpe por deixá-la esperando, mas precisava terminar de avaliar esses relatórios! Prazos, sabe como é!

— Claro, eu entendo.

— Está muito bonita hoje, Ana! Deveria usar saias sempre! Fica feminina e sexy!

— Obrigada, mas... o senhor marcou esta reunião, imagino que, para discutirmos o projeto do novo shopping antes da apresentação da tarde para os clientes, não é?

— Claro, o shopping! E então? Como anda o projeto? Pronto para a avaliação dos clientes?

— Com certeza, sim! Refiz aquela área de circulação no primeiro piso, que o senhor pontuou, e mudei as especificações das portas de entrada.

— Que eficiente! Além de bonita, é competente! Uma mulher perfeita!

— Obrigada, senhor Horácio!

— Ah, não... continua com essa bobagem de *senhor*? Já não conversamos que essa formalidade toda atrapalha a nossa interação? Me chame apenas de *Horácio*!

— Desculpa, senhor, mas não me sinto à vontade chamando o meu chefe pelo nome. De qualquer forma, obrigada pela distinção.

— Bom, como quiser, linda. Caso o nosso projeto seja aprovado, será um grande negócio para a Arquitetura Design e merecerá um jantar de comemoração. Não pode me negar isso!

— Claro que não, senhor. A equipe vai adorar um jantar de comemoração. Vou avisar a todos. Obrigada.

— A equipe... sim. Avise a todos, então.

Ana respirou, aliviada, ao sair da sala. Estava cada vez mais difícil contornar a situação. Horácio estava ficando mais atrevido a cada encontro. Ela não sabia quanto tempo evitaria o pior, mas tentaria se manter na empresa. Estudara e trabalhara muito para conseguir aquele cargo de arquiteta em uma empresa conceituada e não seria um homenzinho com a libido fora de controle que a derrubaria. Daria um jeito.

O mais difícil foi o almoço. Sua mãe tinha apenas um assunto a tratar com Ana: *casamento*. Na realidade, a *ausência* de um. Era incompreensível para a dona Ester uma mulher ser feliz solteira. Além disso, ser totalmente dedicada ao trabalho. Sua velha ladainha era repetida, entre uma garfada e outra, durante todo almoço que ocorria uma vez ao mês. Ana não tinha como evitar esse compromisso que, apesar de lhe causar uma dor de cabeça terrível, era sagrado, pois sua mãe merecia aquela pequena atenção por amá-la incondicionalmente. O assunto era abordado inicialmente com sutileza, usando perguntas indiretas sobre a sua vida social, amigos novos, ou das suas amigas de sempre: Sueli e Maju. Depois, seguia com observações sobre o casamento da filha de alguma conhecida, como foi a festa, ou como ela estava feliz com o marido. No fim, apelava para a chantagem emocional, dizendo que morreria sem netos, já que a sua única filha era solteira. Ana tentava apelar para a razão, mas sua mãe estava acima disso. Seus argumentos de que estavam em pleno século XXI e as mulheres não precisavam de maridos para nada, que podiam se sustentar, sair sozinhas para a balada, fazer sexo com desconhecidos e ser mães solteiras eram ouvidos e descartados, tal qual folhas no outono. Para a mãe, o casamento era o ápice da vida da mulher e não descansaria enquanto a filha não se casasse!

Aquele almoço, em particular, foi um pouco diferente dos demais. Um pouco mais frustrante. Dona Ester, após a sobremesa, sacou da bolsa um papel de carta acetinado, escrito com sua letra elegante, e o entregou a Ana.

— O que é isso, mãe?

— Não está vendo?

— Uma lista com nomes de homens? Não entendi. Para que esses nomes?

— São homens solteiros. Homens elegíveis para o casamento, de boa família, situação financeira adequada, sem escândalos no passado e sem ex-mulheres problemáticas.

— Mãe! Para que isso?! A maioria aqui eu nem conheço! Como posso me casar com alguém que nunca vi?!

— Tem anotações ao lado de cada um. Idade, cor dos olhos e do cabelo, altura, peso, profissão e algum dos *hobbies*. Caso se interesse por algum, me avise que posso apresentá-lo a você. Todos são filhos ou parentes das minhas amigas.

— Tenha paciência, mãe! Eu não tenho tempo para essas bobagens! A senhora está parecendo as mães do século XIX com os casamentos arranjados entre famílias! Se liga, mãe! Estamos no século XXI. E se eu quiser me casar, eu mesma vou caçar o meu homem por aí. E tchau! Já deu! Te vejo no próximo mês.

— Ana...

Ana se levantou e saiu. Já próxima ao seu carro, notou que trouxera a maldita lista amassada entre os dedos.

— Mas que diabos! Uma lista de pretendentes! E veja se não é o meu *querido* Horácio o número um da lista! Nem sob tortura!

A tarde chegou e Ana esperava na sala de reuniões da empresa. Chegara, juntamente com sua equipe, com mais de meia hora de antecedência para organizar as pastas e a apresentação em Data Show. Nada podia falhar. Ali seria decidida a sua vida profissional. Se conseguisse emplacar naquele projeto, poderia escolher qualquer empresa de arquitetura do país e se livrar do mala do Horácio. Oxalá!

Os investidores se agruparam em volta da mesa e se ajeitaram nas cadeiras para assistir à apresentação. A maioria era composta por investidores de grandes fundos imobiliários que geriam um capital exorbitante. Seus executivos eram quase todos homens, jovens, brilhantes e gananciosos, que colocavam o lucro acima de tudo. Três mulheres compunham o grupo e se mostravam tão competitivas quanto os homens. Ana pigarreou para chamar a atenção e começar a exposição.

— Boa tarde a todos. Agradeço pela presença. Tentarei ser a mais clara possível nos detalhes do projeto, e caso alguns de vocês tenham dúvidas, discutiremos no final da apresentação. Na mesa, há uma pasta com especificações técnicas e financeiras. Meu colega aqui presente, o senhor Eugênio Villar, é o economista responsável e poderá esclarecer as questões financeiras. Como sabem, o Shopping Star Jardins é um empreendimento de alto luxo, por isso projetei...

Ao final da reunião, Ana sentia as espáduas tensas e uma pontada de dor se espalhando por sua cabeça. Tomou logo um analgésico, tentando evitar que a dor piorasse e atrapalhasse o encontro dela à noite com as meninas. Os investidores foram rigorosos, questionando detalhes do projeto. Um deles, em particular, foi implacável. Era um homem na faixa dos quarenta anos, sério, com sobrolho franzido, marcas de expressão em volta dos olhos e lábios finos, que exibiam um sorriso sarcástico. Sua intervenção beirou a falta de educação e Ana precisou de toda a calma para não o esbofetear.

— Senhorita, pode me explicar como uma arquiteta tão jovem foi incumbida de um projeto tão importante?

— Bem, senhor, não posso afirmar os critérios usados pelo meu chefe para me escolher entre tantos arquitetos competentes, mas certamente poderá ver, na pasta na sua frente, as minhas qualificações profissionais. Sou formada em arquitetura pela UFBA, tenho pós-graduação em Gestão de Projetos pela USP e MBA em Havard.

— Sei. Então a sua indicação não tem nada a ver com a predileção por jovens arquitetas que o Horácio Lins de Albuquerque tem?

— Assim o senhor me ofende! O senhor Horácio sempre foi muito respeitoso comigo e temos uma relação estritamente profissional. Provavelmente os meus projetos anteriores, realizados nesta empresa, possam tê-lo convencido da minha competência para implementar este projeto. Caso queira, posso lhe enviar cópias desses projetos para a sua avaliação.

— Minha cara, não se irrite. Tive que perguntar. Não podemos deixar um projeto com essa envergadura e com o aporte financeiro gigantesco envolvido nas mãos de uma desmiolada com peitos e pernas bonitas.

— Tenha certeza que não deixarão!

— Vamos esperar e ver!

Ana suspirou ao olhar o relógio de pulso: quinze e quarenta e cinco. O salão ficaria para depois. Precisava correr e rezar para que o trânsito estivesse livre para chegar a tempo da apresentação de balé da Clara. A menina de cinco anos não lhe perdoaria essa falha. Tinha lhe avisado, com várias semanas de antecedência, o dia e o horário do show para garantir sua presença.

Clara sempre fazia questão que Ana comparecesse a todos os seus eventos: teatro na escola, balé, mudança de faixa no caratê, apresentação de fim de ano da escola... o pior era que o Teatro Castro Alves ficava do outro lado da cidade.

Entrou correndo no *hall* do teatro, que para sua sorte estava cheio de parentes das bailarinas. O primeiro sinal não tocara. Olhou ao redor tentando achar a Maju ou a Sueli. Não as viu naquela multidão. Enviou uma mensagem no grupo de bate-papo:

Cheguei no hall do teatro. Onde vocês estão?.

Logo recebeu resposta.

Maju: *Atrasada. Imprevisto. Talvez não consiga ir. Mas, à noite, tudo certo para o encontro às 20 horas.*

Ana bem sabia que o imprevisto de Maju tinha a ver com aquele marido dela, mas já cansara de falar. Só ela poderia tomar a decisão e, quando tomasse, Ana e Sueli a apoiariam em tudo.

Sueli enviou uma mensagem: *Estou nas coxias do teatro tentando resolver um problema com a roupa da Clara. Ela está uma pilha. Mas não se preocupe, ela vai ficar bem. Deixa comigo, que resolvo tudo. Infelizmente, nossas cadeiras são separadas. Deixei seu ingresso com a moça na entrada para a sala principal, só dar o seu nome. Te vejo mais tarde no encontro às 20h. Beijos.*

Clara estava maravilhosa dançando e os seus olhinhos brilharam ao avistar Ana na plateia. Ana lhe enviou um beijo e a menina sorriu. Nessas horas, ela sentia falta de uma filha, mesmo a sua afilhada, filha de uma das suas melhores amigas, preenchendo um pouco esse vazio. Ela sabia que seria difícil conciliar carreira e filhos. Nem imaginava como algumas mulheres conseguiam isso. Sueli mesmo tinha dois filhos, um marido, uma casa e trabalho. Ana a considerava uma guerreira!

Ana usou um vestido longo, verde, para combinar com os seus olhos, caprichou na maquiagem e adereços para o encontro, afinal veria as duas pessoas do mundo que mais amava: suas duas amigas de infância. Viveu com elas as maiores aventuras na escola, na adolescência e na vida adulta. Apesar de seguirem caminhos distintos, ainda se falavam diariamente por mensagem, faziam ligações telefônicas longas semanalmente e em edições extraordinárias, as chamadas urgências familiares, e tinham um encontro mensal. Hoje era o dia desse encontro, e mesmo tendo um dia de merda, Ana sabia que se divertiria, choraria, faria terapia, beberia e dançaria com as amigas. Era a catarse das três. O mundo podia explodir, mas aquele encontro aconteceria!

O bar Nuevo México era todo decorado a caráter, com cores fortes, caveiras do dia *de los muertos* pintadas nas paredes, chapéus de palha com abas largas, toalhas com as cores da bandeira do país latino e cactos plantados em grandes vasos no chão. Uma música alta e alegre tocava nos alto-falantes e muitas mesas já estavam ocupadas quando Ana entrou. O porteiro a cumprimentou com um sorriso de familiaridade e apontou a mesa de sempre, no canto direito do salão, que já exibia os balões de hélio em formato de letras, criando o nome que elas deram ao grupo na adolescência. Ana sentou e aguardou as outras duas. Essa noite prometia. Tinha muita história para contar às amigas.

MAJU

Maju passou a noite em claro, sem conseguir conciliar nem um minuto de sono. Seus olhos no espelho estavam vermelhos, com pálpebras inchadas, e olheiras arroxeadas coloriam seu rosto. Um ar de espanto dominava sua expressão, como se encontrasse o fantasma de uma pessoa conhecida, já morta há tempos, e mesmo assim estivesse surpresa com a notícia. Ela não entendia como a vida chegara àquele ponto em particular: casada com um homem rico e bonito, morando em uma mansão com vinte cômodos, um *closet* socado com roupas, e quinquilharias fúteis e inúteis. Ela também se sentia uma quinquilharia abandonada naquele espaço todo. Cercada por várias pessoas, mas solitária.

Alberto sumira desde a manhã anterior. Ela não tinha a mais remota ideia de em qual parte do planeta Terra ele se encontrava. Recebera apenas uma mensagem do marido:

Querida, preciso pegar um avião para resolver uns problemas de negócios. Depois te ligo para mais detalhes. Te amo. Vida.

Desde então, nada. A princípio, Maju não se preocupou muito, já aconteceu antes. Essas viagens repentinas eram frequentes, mas seu marido sempre ligava à noite para dar notícias, dizer onde estava e quando voltaria. Ela sempre soube, mesmo antes do casamento, que Alberto vivia para as suas empresas e gostava de festas e *mulheres*, no plural. Aceitara de início, mas agora, depois de sete anos de casamento e a descoberta de vários casos extraconjugais, sentia-se perdida.

Maju sempre aceitava, com graça e delicadeza, cada traição. Não restava mais nada para ela além do casamento. Deixara o trabalho ao se casar, pois Alberto pediu. Ele a convenceu apelando para o seu amor, dizendo que viveriam um pelo outro, que o trabalho dela roubaria um tempo precioso, em que estariam juntos. Além do mais, viriam os filhos e ela precisaria cuidar deles. Alberto sempre achou que o lugar de mulher era em casa, cuidando do marido e dos filhos. *E Maju queria muito ter filhos.* Era o sonho dela. Infelizmente, depois de dois anos tentando engravidar, Maju fez testes, foi em grandes especialistas em reprodução humana, os mais caros, os melhores... era estéril! E nem a fecundação *in vitro* resultou em um bebê. Apenas decepção. Alberto a apoiou em tudo e jurou não se importar que ela não pudesse ter filhos. Por isso, por esse gesto tão abnegado, ela perdoou todas as traições e ausências.

Mas esse sumiço preocupou Maju. Alberto não ligou, não respondeu as suas mensagens nem atendeu as suas ligações. Ela se perguntava se ele estava bem. Durante a noite, várias ideias a atormentaram: sequestro, assalto, morte. Um homem tão rico seria um alvo perfeito para bandidos. Mas ninguém entrou em contato com ela pedindo resgate. Pelo tempo, vinte quatro horas, alguém já teria ligado!

Ela andou em círculos pelo quarto de dormir, pensando no próximo passo a dar. Questionou-se sobre ligar para a polícia, mas lembrou-se que deveriam se passar quarenta e oito horas para que as autoridades considerassem uma pessoa como desaparecida e começassem as buscas. Eles sempre alegavam que a maioria dos casos não era desaparecimento, mas apenas uma pessoa se escondendo do mundo, embriagada, ou curtindo a vida e se esquecendo de avisar aos familiares. Todos voltavam espontaneamente, assim que a saudade batesse ou o dinheiro acabasse. Ela pensou em contatar a família de Alberto, porém descartou essa possibilidade assim que surgiu. Os cunhados dela tinham uma relação de amor e ódio com seu marido, já que eles o invejavam pelo poder que exercia nas empresas da família e se sentiam oprimidos pelo irmão mais velho. Além disso, a velha senhora Cardoso era uma velhinha de oitenta anos e saúde frágil. A sogra dela podia até ter um colapso ao saber que seu predileto estava desaparecido.

Ela deu mais uma volta no quarto tal qual uma fera enjaulada. Estava desalentada, sempre foi muito ruim para tomar decisões. Alberto tomava conta de tudo, ela apenas assinava papéis quando ele pedia, já que eram casados em comunhão parcial de bens. Na casa, a governanta, Adélia, resolvia as pendências do dia a dia e restava a ela apenas organizar jantares para os parceiros comerciais do seu marido, acompanhá-lo em eventos e participar, como voluntária, em associações beneficentes.

Maju saiu do quarto. Achou que o ar estava rarefeito ali e resolveu caminhar na área verde ao redor da casa. Arejar as ideias e resolver como proceder. Ela poderia estar exagerando na preocupação e o marido ter apenas se esquecido de dar o telefonema, por estar muito ocupado com os negócios. Pegou o telefone no bolso da calça e discou um número conhecido. Tocou até cair na caixa postal. Maju sabia que Ana raramente atendia o celular quando estava em reunião, e ela sempre estava. Tinha certeza de que a amiga, prática como só ela, poderia lhe dar conselhos sobre seu drama atual, mas difícil seria conseguir contatá-la em um dia normal de trabalho. Ela nem cogitou ligar para Sueli, pois deveria estar atolada com as tarefas rotineiras de mãe de dois filhos pequenos, marido encostado e trabalho como advogada. Ainda mais hoje, que seria o dia da apresentação de balé da Clara.

Entrou na casa pela porta lateral, tentando evitar os empregados. Sabia, com certeza, que eles leriam claramente a ansiedade no rosto dela e não estava preparada para as perguntas indiscretas de Adélia. A governanta estava lá em todas as vezes que Maju tentou engravidar e não conseguiu, em todas as traições que descobriu, em todos os dias e noites solitárias. Por muitas vezes, ela chorou no colo de Adélia.

Maju perdeu a mãe aos dezesseis anos e a velha governanta assumiu um papel maternal desde que a jovem se casou com um homem quinze anos mais velho e famoso por suas festas regadas a bebidas e prostitutas. Adélia trabalhava para a família de Alberto desde sempre, conheceu-o menino e agora o via repetindo os mesmos disparates da juventude, mesmo sendo um quarentão.

Novamente no quarto, Maju revirou o *closet* do marido, procurando alguma pista que a ajudasse. Olhou gavetas, prateleiras e atrás das roupas dependuradas. Abriu pastas e malas, e nada lhe chamou a atenção. Tentou fechar uma das gavetas onde Alberto guardava as suas gravatas e não conseguiu. Estava emperrada. Ela a abriu com cuidado, evitando assim danificar qualquer que fosse a gravata presa na corrediça, no entanto, ao fazer uma leve tração, um maço de papéis impressos com imagens coloridas caiu ao chão. Maju os pegou. Eram folhetos de viajem com fotos de praias paradisíacas na Grécia, nas Bahamas, no Havaí, na Tailândia e nas Ilhas Maldivas. Alberto estava programando uma viagem de férias para eles, mas não disse nada a ela ainda. Maju sorriu. Adorava viajar com o marido. Quando ele voltasse, ela lhe perguntaria quando seria. Esperava que logo. Já fazia mais de dois anos que puderam viajar juntos. O trabalho dele não permitia.

Ela desceu para seu escritório no andar térreo, pois precisava reorganizar os compromissos do dia. Sentia a cabeça muito pesada pela falta de sono e preocupação para conseguir cumprir com as suas obrigações. Ela diria a todos que estava com enxaqueca. Abriu a agenda e verificou que tinha poucos compromissos marcados: reunião com o comitê organizador do jantar beneficente em prol das pesquisas para o HIV às dez, almoço com Melinda e Júlia para discutir doações para o Natal, visitar o abrigo de idosas Dom Pedro às quatorze, apresentação de balé de Clara às dezesseis, e encontro com as meninas às vinte horas. Ligou para cancelar os dois primeiros, mas resolveu que à tarde não poderia faltar a nenhum deles. Os velhinhos do abrigo eram o seu xodó e poderiam distraí-la das suas preocupações. Clara era a filha mais nova de uma das melhores amigas dela, e ficaria muito decepcionada com a sua ausência, e o encontro com as meninas era imperdível. Não existia possibilidade de faltar ao encontro.

No almoço, Maju remexeu de lá para cá a comida, ingerindo pequenos pedaços do salmão de que tanto gostava. Ela não tinha apetite e a comida entalava na garganta, descendo apenas quando empurrada pelos goles d'água que tomava. Nem a sobremesa desceu, um soberbo *petit gâteau* feito pelo seu *chef* francês e que era um dos seus doces preferidos. Os empregados circulavam pela sala de jantar, fazendo o mínimo de barulho, como se adivinhassem o estado de espírito da patroa. Adélia se aproximou algumas vezes da mesa, mas não quis interromper o almoço de Maju. Porém, vendo que ela apenas fingia comer, sentou-se na cadeira ao seu lado e a olhou diretamente nos olhos.

— Estou observando-a desde cedo. Está com aquele ar perdido de novo. O que foi que o patrão aprontou desta vez? Outra?

— Não estou com ar perdido nenhum. Impressão sua. É só uma enxaqueca chegando.

— Tentando me enganar, menina? Sua enxaqueca tem nome e sobrenome: *Alberto Cardoso*. Desembucha!

— Tá certo... o Alberto sumiu. Me mandou uma mensagem e está incomunicável desde ontem! Estou preocupada.

— Você ainda se preocupa! Com certeza está bem! Encontrou algum amigo e resolver cair na farra, isso sim!

— Será? Mas ele costuma ligar, ou então atender o telefone.

— Se acalme. Daqui a pouco ele volta com a cara mais lavada e com uma desculpa qualquer. Pode apostar.

— Vou tentar me acalmar, mas como ele me disse que ia viajar a negócios, pensei em ligar e falar com o Pedro. Como assistente pessoal, ele deve saber como contatá-lo, não é? Ao menos se eu souber que está bem, fico mais tranquila. O que acha?

— Se a deixa mais tranquila, ligue para o Pedro!

Maju discou o número do escritório central do conglomerado Cardoso. Uma secretária rapidamente transferiu a ligação para Pedro Matias, assim que ela se identificou. Todos na empresa sabiam que não podiam deixar a mulher do patrão na linha esperando. Ordens diretas de cima.

— Boa tarde, senhora Cardoso. Em que posso ajudá-la?

— Boa tarde, Pedro. Estou tentando fazer contato com o Alberto a manhã inteira, mas o telefone dá caixa postal. Você poderia me fornecer um número para contatá-lo.

— Um número para contatá-lo? Bem... cof! Cof! Cof!

— Está tudo bem?

— Tudo bem, só um engasgo. Obrigado.

— E o número?

— Infelizmente, não tenho nenhum número de contato. Estou aguardando-o me ligar para dar instruções do dia.

— É mesmo? Que pena! Por acaso sabe em que país ele foi resolver esses problemas? Ou o hotel onde se hospedou?

— Não sei. Não sei mesmo.

— Mas não é você que organiza as viagens dele?

— Sim, claro, mas essa foi tão repentina que ele mesmo resolveu tudo.

— Ah, sim! Então, se ele entrar em contato… pede para me ligar, está certo?

— Está certo. Peço sim. Assim que ele entrar em contato, eu aviso.

— Obrigada.

Maju entrou no carro e pediu ao motorista que a levasse ao abrigo. Já estava dez minutos atrasada para seu encontro com os velhinhos. Na mala, Adélia arrumou várias caixas com lanches para a visita da tarde e Maju separou, em uma cesta, dúzias de rosas colhidas no seu jardim para presentear os seus amigos. Suas tardes no abrigo eram as mais prazerosas para ela. Lá se sentia amada e útil. Fazia a diferença na vida daquelas pessoas abandonadas, que passavam dias, ou até anos, sem uma visita da família. Lá não sentia solidão, apenas afeto. Gostava de servi-los com comidas saborosas e saudáveis, ajudá-los a passear pelos jardins, ou ler histórias na sala comunitária. Muitos dos idosos sorriam ao ouvir uma história engraçada, ou choravam com as trágicas, mas sempre se sentiam acolhidos. E Maju também.

Aquela tarde foi parecida com todas as outras que ela passara ali, apenas um único detalhe diferiu: seu celular não parava de vibrar com mensagens chegando. Maju olhava para a tela disfarçadamente, tentando não interromper a leitura do livro escolhido, seria uma falta de respeito com os seus ouvintes, mas a esperança que fosse uma mensagem de Alberto lhe dizendo que estava bem a fazia sempre encarar a tela. Entretanto, as mensagens eram enviadas pelo grupo do comitê das obras beneficentes e a maioria delas era da Melinda. Paciência. Primeiro, Maju teria que acabar a leitura e depois resolveria o problema com as senhoras do comitê beneficente.

Às quinze e quarenta e cinco, Maju deu por encerrada aquela visita maravilhosa e agendaria uma nova para a próxima semana. Ela teria que se apressar, senão perderia o balé da Clara. A menina de cinco anos sempre fazia questão que a tia Maju estivesse presente nas suas apresentações e nunca se decepcionava. Andando mais rápido que o salto permitia, Maju chegou ao carro.

— José, vamos *voando* para o Teatro Castro Alves!
— Claro, madame. Balé da menina Clara?
— Balé da Clara.
— Chegaremos a tempo, não se preocupe!

No percurso, mais relaxada por estar em movimento, Maju começou a ler as mensagens do grupo do comitê beneficente. Estava curiosa sobre o motivo de tantas mensagens naquela tarde, já que os preparativos para o jantar em prol das pesquisas para o HIV estavam bem adiantados. Poderia ter ocorrido algum imprevisto e ela sabia ser melhor ao menos fingir interesse, senão as outras senhoras a crucificariam socialmente. Arregalou os olhos com as mensagens:

Melinda: *Bom dia a todas! Foi ótima a nossa reunião! Jantar quase pronto!*

Júlia: *Foi mesmo! Graças a Deus, reta final.*

Celina: *Muito bom trabalhar com vocês, queridas! Estou contando os dias! Parabéns para a Marcinha pelos arranjos florais! Espetaculares!*

Marcinha: *Vocês são umas fofas! Obrigada!*

Melinda: *Pena que a Maju não pôde ir! Nem para o almoço! Não é? Maju, você está aí?*

Júlia: *Parece que a Maju está muito ocupada hoje, não é, Melinda? Nem responde as mensagens.*

Melinda: *Também, férias em Ilhas Maldivas!*

Júlia: *Pois é! Nem avisou as amigas, né, querida?*

Celina: *O QUÊ? Maju está nas Maldivas?*

Marcinha: *OI????*

Melinda: *Isso! Maldivas! Não precisava dar desculpa que estava com enxaqueca, não é, Maju? Bastava dizer que ia ter lua de mel com o Alberto! Nós entenderíamos!*

Celina: *Como ficou sabendo, Melinda?*

Melinda: *Eu e Júlia recebemos fotos da Adriana. Ela está lá com o Henrique. E sabe quem eles encontraram lá?*

Marcinha: *Maju?*

Melinda: *Não. Alberto. Mas onde o Alberto está, a Maju está? Não é, queridas?*

Celina: *Mas eles viram a Maju?*

Melinda: *Nas fotos estava só o Alberto em um iate espetacular...*

Marcinha: *Só ele?*

Melinda: *Não exatamente só ele. Têm duas mocinhas atraentes em micro biquínis. Provavelmente parentes. Primas, talvez?*

Júlia: *Primas.*

Celina: *Com certeza, primas. E a Maju deve ter se escondido das fotos. Vocês sabem que ela não gosta muito de fotografias. Tímida. E então, Maju? Mata a nossa curiosidade: quem são essas garotas com o Alberto no iate?*

Marcinha: *Maju? Você está aí?*

Melinda: *Acho que ela está muito ocupada agora. Vou mandar as fotos para vocês. Maju, quando puder, responde e manda mais fotos! Estamos excitadíssimas! Beijos, queridas!*

Uma sequência de fotos surgiu na tela fazendo um zumbido agudo atravessar a cabeça de Maju. Nelas se destacavam Alberto vestindo uma sunga azul, com o corpo bronzeado, cabelos ao vento, e em ambos os lados duas garotas voluptuosas o abraçavam, com sorrisos gêmeos.

— Filho da puta! Canalha! Escroto de merda!

— Madame?

— Não é com você não, José! É o desgraçado, traidor, cretino do meu marido!

— Sim, madame! Seguimos para o teatro?

— Não. Sim. Não sei! Pare um pouquinho!

O celular sinalizou mais uma mensagem. Ela rezou para não ser mais fotos do marido. Era uma mensagem da Ana:

Cheguei no hall do teatro. Onde vocês estão?

Maju respondeu automaticamente:

Atrasada. Imprevisto. Talvez não consiga ir. Mas à noite, tudo certo para o encontro às 20 horas.

Ela sabia que precisava se acalmar primeiro, senão assustaria as criancinhas do balé, especialmente a Clara.

— José, toca para o teatro. Devagar.

— Sim, madame.

O hall de entrada do teatro estava quase vazio. Apenas alguns retardatários corriam para a entrada da sala principal. Maju parou por um instante em frente à porta fechada, fechou os olhos, inspirou e expirou, como na aula de ioga. Esvaziou os pensamentos. Ela queria estar com o olhar límpido ao encarar a menina no palco. Sua garotinha merecia apenas sentimentos bons e puros, nada daquela raiva surda, daquela indignação, daquela revolta que Maju sentia ao se lembrar do marido. Empurrou a madeira e entrou. Recostou-se em uma parede lateral, na semiescuridão, pois não incomodaria as mães e avós entusiasmadas, atravessando toda a fileira de cadeiras até a sua. Viu Clara no palco. A menina a avistou e sorriu. Maju sorriu de volta. Uma pontada atravessou seu peito, lembrando-a da falta de um bebê que não gerou. Mas uma sobrinha, filha da sua melhor amiga, tinha que bastar. Sabia que, mesmo que pudesse, jamais teria um filho com Alberto. Ele não merecia. E uma criança não merecia a infelicidade de ter um pai babaca, emocionalmente imaturo, e escroto. Filho da puta!

Antes do final da apresentação, Maju foi para casa. Precisava se arrumar para o encontro da noite, afinal, veria as duas pessoas que mais amava no mundo: Ana e Sueli. Viveu com elas as mais graves crises da sua vida: espinhas no rosto no dia da festa, roupas que não cabiam mais porque ganhou peso, paixões adolescentes que fracassaram, noivado desfeito, doença e a morte da sua mãe, e traições no casamento. Vestiu um conjunto de minissaia e blusa azul-celeste, que destacava a cor dos seus olhos, colocou brincos de safira e salto agulha. Aspergiu Channel nº 5, pegou a sua Gucci pequena e saiu.

Uma música estridente e irritante tocava, e todas as mesas já estavam ocupadas quando Maju entrou. O porteiro a cumprimentou com um aceno e apontou para a mesa de sempre no canto direito do salão. Maju sorriu ao ver os balões de hélio em formato de letras, que criavam o nome maluco que ela e as amigas deram ao grupo. Ana já estava sentada, digitando no celular, respondendo demandas do trabalho. Maju se aproximou da mesa, para se juntar à amiga e esperar Sueli. Ela precisava de uma tequila. Essa noite prometia. Precisava contar toda a história para as amigas.

SUELI

A mesa de café da manhã estava um caos. Pedaços de mamão e banana formavam uma pintura surrealista na, antes limpa, toalha de mesa. O leite com achocolatado também contribuía com a cor marrom, criando um efeito de terra molhada e gosma. Na pia uma montanha de pratos, copos e talheres empilhados de uma forma instável. O chão da cozinha grudava ao pisar, fazendo as solas dos sapatos emitirem um barulho parecido com um coaxar de sapos em uma lagoa lamacenta. Paulinho e Clara corriam em volta da mesa, brincando de pega-pega e espalhando pela casa o som das suas risadas infantis. Suas fardas escolares, por milagre, estavam quase inócuas ao fim do café da manhã.

— Vamos, crianças. Parem de brincar, vocês irão se atrasar para a escola!

— Só mais um pouquinho, mamãe. Deixa eu pegar o Paulinho!

— Você não me pega! Clara tartaruga! Tartaruga! Tartaruga!

— Pare com isso, Paulinho! Sua irmã é menor que você!

— Não tenho culpa se ela é lerda, mamãe!

— Paulinho!

— Desculpa, mamãe!

— E o quê mais?!

— Desculpa Clara!

— Ótimo! Agora, os dois para a porta! Seu pai está esperando na garagem para levá-los!

— Beijinho, mamãe!

Sueli se curvou para que os filhos pudessem alcançar o seu rosto. Recebeu dois beijinhos molhados e abraços apertados. Com cinco e seis anos de idade, podiam fazer mais bagunça do que um batalhão de Demônios-da-Tasmânia. Não só na cozinha, como no banheiro, nos quartos e na sala de brinquedos.

Ela arrumou a cozinha e rezou para que a Rosa pudesse vir trabalhar hoje. Não sabia o que faria caso a sua fiel escudeira ainda estivesse resfriada, como no fim de semana. A moça era a responsável pela limpeza, refeição e por olhar as crianças quando estavam em casa. Além disso, quando Sueli se apertava com os horários de trabalho, ela as levava e pegava nas atividades extras. E como o marido tinha um certo toque por limpeza, Sueli não conseguiria, sem ajuda, manter a casa limpa e organizada, ao mesmo tempo que dava andamento aos processos dos seus clientes.

Vestida e arrumada, em seu terninho preto, checou a sua agenda: Fórum Rui Barbosa – audiência de conciliação Marcela e Mauricio Prado às oito hora; assinatura dos papéis de divórcio de Aline e Fabio Correia às dez horas; pegar as crianças na escola e almoço às doze; Karatê de Paulinho às treze – lembrar a Rosa de pegá-lo às quatorze; levar a Clara ao Teatro Castro Alves, para o ensaio geral às treze e trinta; ligar para o Leleu encanador – vaso sanitário do banheiro social entupido; reunião com os sócios do escritório às quatorze; cliente às quinze horas – Dr. Fernando Moraes; balé da Clara – dezesseis horas; encontro com as meninas às vinte horas – lembrar de cobrar os balões para a floricultura.

Ela sacou o celular da bolsa e ligou para a floricultura, antes que esquecesse de cobrar os balões. Eles eram essenciais para o encontro da noite com as suas melhores amigas. Era uma tradição.

Sueli dirigiu até o fórum. Hoje teria duas audiências importantes. Sua primeira cliente, Marcela Prado, foi casada por vinte anos com o rico Mauricio Prado, dono da metade das terras produtoras de soja no estado. O casal criou cinco filhos, que agora já são independentes. O problema surgiu há seis meses, quando o agropecuarista se enrabichou por uma das agrônomas da fazenda, que tinha a idade de uma das suas filhas. Passou a destratar a esposa, inclusive ameaçando bater nela em uma das discussões. A agressão só não aconteceu porque uns dos filhos do casal interveio a tempo. O caso foi descoberto, vazou para a impressa, e desde então os dois brigam na justiça para a divisão dos bens acumulados. Os filhos, revoltados, apoiaram a mãe e cortaram relações com o pai. Sueli foi contratada pela família para representar a mulher no divórcio litigioso, e nesses longos meses os advogados de ambas as partes tentaram conciliação, mas sem sucesso. O homem alegava que a ex-esposa nunca fizera nada, não contribuiu para o crescimento dos negócios, e que apenas ele trabalhava de sol a sol, por isso não dividiria os seus bens meio a meio. A mulher argumentava que não trabalhou, pois o marido era à moda antiga: *"mulher minha não trabalha fora, fica em casa"*. Além disso, proporcionou o bem-estar do ex-marido lhe dando casa limpa, roupa lavada e comida quente. E criou os cinco filhos sem a ajuda dele.

Na sala de audiência o casal e os seus advogados se encaravam em lados opostos da mesa, com um juiz e um escrivão na ponta para mediar. Os juiz abriu os trabalhos.

— O casal tem certeza de que quer o divórcio?

— Com certeza! Nunca mais quero ver esse porco imundo!
— E eu essa vaca gorda!
— Contenham-se! Isso aqui é um recinto da lei. Advogados, controlem os seus clientes.
— Sim, Vossa Excelência! — responderam os advogados em uníssono, repreendendo, com gestos, os seus respectivos clientes.
— Bem, se ambas as partes concordam que querem se separar, quais as pendências do processo?
— Bem, Excelência, o meu cliente não concorda com os termos da senhora Marcela, que exige metade dos bens adquiridos por ele com trabalho e suor.
— Excelência, meu colega está equivocado. Minha cliente viveu com o senhor Mauricio por vinte e cinco anos e criou os seus cinco filhos. Casada em comunhão parcial de bens, como Vossa Excelência pode ver nos autos, então ela não está exigindo nada absurdo, apenas os seus direitos.
— Direitos? Metade de uma fortuna! É uma aproveitadora de merda!
— Aproveitadora de merda é a sua ninfeta adolescente, que só quer o seu dinheiro. Se nem uma ereção direito você tem, vai aguentar o fogo daquela?!
— Silêncio! Se essa baderna continuar, vou suspender a audiência.
— Marcela, não responde! Não está vendo que desse jeito ele só vai se complicar? O Juiz é linha dura, detesta desrespeito nas suas audiências! — sussurrou Sueli no ouvido da sua cliente.
— Vou tentar... mas ele me tira do sério!
A audiência continuou com o juiz sendo interrompido várias vezes pelo casal exaltado. A lista de bens se prolongou por

vários minutos e a cada decisão um dos cônjuges se revoltava, sem querer ceder. O celular de Sueli começou a tocar no meio dessa zona e, por sorte, estava no silencioso. Ela o colocou sobre as coxas, escondido embaixo da mesa, e verificou o número. O nome de Rosa piscava na tela iluminada, fazendo as tripas de Sueli retorcerem. Com certeza aconteceu alguma coisa grave, pois Rosa só ligava em urgências. Passou pela cabeça de Sueli uma centena de cenários assustadores: um dos filhos no hospital com o braço quebrado, ou com um corte sangrando, um acidente de carro com o marido, a casa pegando fogo…

Mandou uma mensagem para Rosa. Era melhor do que especular.

Sueli: *"Rosa, não posso atender. Em audiência. Alguém morreu?"*

Rosa: *"Ninguém morreu, mas deu merda! Merda federal!"*

Sueli: *"Merda? Não entendi!"*

Rosa: *"Merda de verdade, dona Sueli. O banheiro social tá vomitando merda pra tudo que é lado!"*.

Sueli: *"Mas que merda!"*

Rosa: *"Isso que eu disse!"*

Sueli: *"Calma, vou mandar o Leleco aí agora!"*

Rosa: *"Graças a Deus!"*

Sueli achava que o seu dia não podia piorar depois daquele show de horrores que o casal estava encenando, mas parece que podia. Merda na casa toda. E o encanador provavelmente não conseguiria resolver tudo antes do almoço. Seu marido surtaria quando chegasse para almoçar. Melhor avisá-lo para comer fora.

Ela procurou o contato *Leleco Encanador* no celular, torcendo para que respondesse logo a mensagem. O melhor seria uma ligação, mas o juiz não ficaria nada satisfeito com isso. Digitou:

"Leleco, é a dona Sueli, da Pituba. O banheiro social está retornando do esgoto. Preciso que você vá lá, urgente, salvar a Rosa".

Leleco: *"Dia, dona Sueli. Vou pra lá agora".*

Sueli: *"Obrigada. Resolve, que depois acertamos".*

Ela nem acreditou na sua sorte. Leleco podia passar dias sem responder uma mensagem visualizada, e quando respondia furava duas ou três vezes antes de realmente começar o serviço, mas era competente. Conseguiu mandar uma mensagem rápida para o marido antes de ouvir:

— A advogada não parece muito interessada na divisão de bens do casal. Achou algo mais importante no celular, doutora?

— Perdão, Excelência. Estava desligando o aparelho que esqueci ligado.

— Que bom, doutora! Estamos sentindo falta de contenção nessa audiência!

— Sim, Excelência!

A audiência não se prolongou muito. Exausto de tanta interrupção o juiz a suspendeu, avisando o casal e os seus advogados que teria que tomar medidas mais drásticas se no próximo encontro o desacato continuasse.

A audiência de assinatura do papéis do divórcio, às dez horas, foi um pouco melhor, mas não menos emocionante. Enquanto o juiz tentava mais um vez convencer o casal a pensar melhor antes de assinar, o celular de Sueli pipocava com mensagens no WhatsApp. Leleco pedindo autorização para quebrar o piso, Rosa precisando comprar material de limpeza no mercadinho da rua, o marido querendo saber o que aconteceu, a escola de balé lembrando o horário do ensaio geral de

Clara e a floricultura confirmando a encomenda dos balões. Sueli digitava o mais sorrateiro possível, usando movimentos mínimos dos dedos embaixo da mesa e elevando a cabeça para o juiz, vigiando se ele ainda fazia a sua preleção ao casal. Ela se sentia como uma criminosa escondendo os seus delitos do juiz. Enfim a audiência terminou com o casal concordando em tentar novamente.

Sueli correu para casa, depois de pegar as crianças na escola, e o caos que encontrou nem chegava perto do café da manhã. Poeira, pedaços do piso do banheiro e, o pior de tudo, um odor de fezes permeava todo a casa. O barulho das marteladas do encanador acabava de completar o inferno. Rosa corria de um lado para o outro, tentando tirar o máximo de coisas possíveis da esfera da poeira, mas era um trabalho inútil, pois tudo apresentava uma camada branca depositada nas superfícies.

— Meninos, direto pra o andar de cima. Banho e trocar de roupa!

— Mas, mãe, eu queria ver o Leleco quebrando tudo!

— Eu também, mamãe! E fazer desenho de unicórnio no chão! Tá parecendo que nevou no chão!

— Paulo! Maria Clara! Banho!

As crianças subiram as escadas, batendo os pés, e apostando corrida para ver quem chegaria primeiro ao banheiro. Sueli apostava que o banheiro do quarto viraria uma zona quando acabassem o banho.

— Oi, dona Sueli! Bem-vinda ao inferno! — falou Rosa com a voz anasalada.

— Oi, Rosa! O inferno deve estar melhor do que aqui! Ainda gripada?

— Uma coriza que não me larga! Pelo menos a febre foi embora.

— Ao menos isso! Obrigada por vir mesmo gripada ainda. Não saberia o que fazer sem você. Está lembrada que tem que pegar o Paulinho à tarde no karatê, né?

— E o Leleco? Ele não vai acabar tão cedo!

— Tranquilo. Qualquer coisa, ele me liga.

— E o seu Arnaldo? Estranhei que não chegou ainda para almoçar. Fiz um strogonoff de frango, porque é rápido.

— Arnaldo não vem não. Pedi para almoçar fora. Você imagina ele aqui nessa bagunça? Sabe como ele é. Vai se estressar!

— É mesmo. Limpo como ele só! Vixe, minha Nossa Senhora! Será que eu conseguirei limpar tudo até o seu Arnaldo chegar à noite?! E esse cheiro de merda?!

— Calma, criatura! Esqueceu que vamos para o balé de Clara? Ele só vai chegar lá pelas sete…

— Pena que eu não vou poder ver a Clarinha dançando! Mas assim consigo limpar tudo antes do seu Arnaldo chegar!

— Uma pena mesmo! Eu gravo tudo e te mostro amanhã! Na próxima você vai, com certeza!

— Com as graças da Virgem Maria!

— Amém!

A reunião no escritório começou às quatorze horas em ponto. Os quatro sócios: Sueli, Marta, Noel e Fabricio se reuniam a cada quinzena para analisar as finanças e discutir as dificuldades nos processos que cada um assumiu. Sueli precisava discutir o caso *Marcela Prado*, pois estava difícil conseguir o acordo financeiro e controlar a sua cliente. Estava preocupada que o caso descambasse em violência física, dele sobre ela ou o contrário. Seus sócios ajudaram com bons conselhos para lidar com o caso, e Fabrício passou a falar sobre o processo que estava responsável. O celular de Sueli ganhou vida nesse instante, tocando alto uma música eletrônica. Todos os olhos se voltaram para ela, pois era uma regra dos sócios não atender telefone nas reuniões quinzenais.

— Desculpa, é o karatê do Paulinho. Tenho que atender. Alô? Sim, aqui é a mãe dele! O quê? Ninguém foi pegá-lo?! Eu sei... desculpa. Claro que entendo que já são quatorze e trinta. Alguém vai pegá-lo agora.

Sueli ligou para o celular de Rosa diversas vezes, mas sempre caía na caixa postal. Teria que ser ela mesma.

— Desculpa, gente, mas preciso sair.

— Sueli, você não pode sair no meio da reunião quinzenal. Temos que resolver assuntos importantes...

— Eu sei, Noel. Vocês sabem que eu nunca faria isso se não fosse uma urgência, mas não posso deixar o meu filho lá.

— A Rosa não pode ir pegar com um carro de aplicativo?

— Ela deveria ter feito isso, Marta. Liguei para o celular dela e caiu na caixa. Tenho que ir mesmo.

Os sócios levantaram as sobrancelhas e concordaram com acenos de cabeça. Sueli os entendia, a reunião quinzenal era importante para manter a organização do escritório e fazer os processos andarem com eficiência, mas ela estava sem opções. Teria que pegar o Paulinho no karatê e depois cometer um assassinato: *matar a Rosa!*

— ROSA! ROSA!

— Dona Sueli? O que a senhora está fazendo em casa a essa hora?

— Trazendo o Paulinho que você esqueceu no karatê, talvez?!

— Minha Nossa Senhora Aparecida! Virgem Santa! Desculpa, dona Sueli. Com essa confusão toda, me perdi no horário. Nem vi que era tão tarde…

— Tudo bem, Rosa. Eu te entendo. Também estou tendo um dia de merda! E o Leleco?

— Ta finalizando. Agora vou cair pra dentro na limpeza.

— Está bem, Rosa. Já vou. Estou atrasada para uma reunião com um cliente. Arruma o Paulinho, que dez para as quatro o Arnaldo vem pegar ele para irem ao balé da Clara.

— Pode deixar. Não vou esquecer!

— Oxalá, Rosa! Oxalá!

— Oxalá? O quê?

— Deixa para lá, Rosa.

O cliente das quinze horas, Fernando Moraes, era um conhecido industriário do estado, que estava tendo problemas com o divórcio da filha única, uma doidivana, consumista e mimada que se casara escondido da família com um golpista. O senhor Moraes precisava que o escritório desenrolasse o caso com o mínimo de estardalhaço. Tinha medo de que caísse nas mãos da impressa marrom.

A secretária de Sueli o acomodou na sala de reuniões e serviu um drink ao notar que a chefe estava atrasada. Ela o encontrou sentado em uma das poltronas, balançando as pernas em movimentos rítmicos e rápidos.

— Até que enfim! A senhora está atrasada quinze minutos! Eu não posso desperdiçar o meu tempo, doutora Sueli.

— Sinto muito, senhor Moraes. O senhor tem toda a razão, não devemos desperdiçar o tempo precioso de um homem de negócios. Infelizmente, tive uma urgência familiar.

— Grandes advogados não têm urgências familiares, têm clientes satisfeitos, doutora.

— Claro, claro! Vamos então ao caso da sua filha.

O caso da doidivana era mais complexo do que Sueli imaginava e demandou um tempo maior de conversa e explicação. Uma pilha de papéis processuais tinham que ser examinados, mas as dezesseis horas se aproximavam e ela precisava interromper a reunião. De tempos em tempos, olhava para o relógio de pulso, calculando o período de deslocamento para o teatro, vendo o tempo escorrer.

— Doutora Sueli, a senhora está me ouvindo?

— Claro que sim!

— Não parece! E o que tanto lhe interessa as horas? Não para de olhar o seu relógio!

— Realmente, senhor Moraes, eu estou um pouco preocupada com horário. Tenho outro compromisso agendado às dezesseis.

— Cancele! Nada é mais importante que o divórcio da minha filha!

— Infelizmente não posso cancelar! Teremos que agendar um novo horário.

— O quê? Isso é um despautério! Quero resolver tudo agora. Tenho pressa de me livrar daquele sanguessuga maldito!

— Senhor Moraes, sinto muito, mas teremos que remarcar.

— Impossível! Ou a senhora desmarca o *seu* próximo compromisso e conclui a análise do processo da minha filha, ou vou levar o caso e os gordos honorários para outro escritório de advocacia. Um escritório sério e que me trate com o devido respeito. Tenho dito!

— Então pegue esse calhamaço de papel e enfie… leve para onde quiser! Preciso ir para o meu compromisso! Tenho dito!

Sueli se levantou sob o olhar atônito do senhor Moraes e, pegando a sua bolsa, saiu da sala pisando duro. Se a situação não fosse tão trágica, Sueli poderia ter sorrido da cara de peixe sufocado do senhor Moraes, que abria e fechava a boca sem saber o que dizer.

No hall de entrada do Teatro Castro Alves, Sueli procurou pelos outros. Nada das amigas ainda. Arnaldo e Paulinho estavam acomodados em um banco acolchoado, perto da cantina, e bebiam refrigerantes enquanto riam de alguma piada particular.

— Oi, amores!

— Mamãe! Olha o que papai me deu! Refrigerante!

— Estou vendo. O papai é dez!

— Oi, querida, fiquei preocupado. Demorou para chegar.

— Pois é. Um cliente mala, mas depois te conto. Já não deveríamos entrar? Ainda tenho que deixar o ingresso da Ana com a recepcionista, não tive tempo de entregá-lo.

— Então melhor irmos. Aí! Acabou de tocar a primeira chamada. Vamos!

Os três se levantaram, Alberto recolheu o lixo e o jogou em uma lixeira próxima. Foram em direção a entrada da sala principal acompanhando a multidão formada por pais, mães, avós e primas excitadas com o evento. Queriam ver os seus meninos e as suas meninas dançando no grande palco do teatro, mesmo sendo uma apresentação amadora. Sueli se sentia igual a todos: *orgulhosa*. Clara treinara muito todos os passos, passado horas na frente do espelho ensaiando e sonhando com aquele dia. Tudo precisava dar certo...

— Dona Sueli!

— Oi, professora! Tudo bem?

— Mais ou menos! A roupa da Clara está com um pequeno rasgo. Tentamos consertar, mas ela não deixou. Disse que só a mãe sabia consertar! Ela está muito aflita!

— Vocês têm agulha e linha?

— Mas é claro!

— Então, vamos! Arnaldo...

— Vai, querida. Eu entrego o convite da Ana.

Sueli encontrou Clara no camarim da sua classe, chorando baixinho, sentada no colo de uma das professores que tentava convencê-la a deixar que costurassem o seu traje. A menina só balança a cabeça, negando.

— Mamãe.

— Oi, amor! E então, disseram que estavam precisando de uma fada costureira aqui. É verdade?

— Verdade, mamãe! Meu vestido rasgou! Não sei como, mamãe!

— Tudo bem! A fada aqui vai dar um jeito em tudo!

— Eu sei, mamãe! Você sempre resolve tudo! Você é perfeita!

O celular de Sueli sinalizou a chegada de uma mensagem. Ela olhou a tela e viu que era Ana no grupo das suas amigas.

Ana: *"Cheguei no hall do teatro. Onde vocês estão?"*

Maju: *"Atrasada. Imprevisto. Talvez não consiga ir. Mas à noite, tudo certo para o encontro às 20 horas"*.

Sueli: *"Estou nas coxias do teatro tentando resolver um problema com a roupa da Clara. Ela está uma pilha. Mas não se preocupe, ela vai ficar bem. Deixa comigo, que resolvo tudo. Infelizmente nossas cadeiras são separadas. Deixei seu ingresso com a moça na entrada para a sala principal, só dar o seu nome. Te vejo mais tarde no encontro às 20h. Beijos".*

Acalmada a crise, Sueli desejou *boa sorte* a filha, lhe deu um abraço apertado e foi se sentar em seu lugar, ansiosa pelo início da apresentação. Ser mãe era a parte mais importante da sua vida. Amava o seu trabalho, o desafio de resolver problemas legais, usar a sua inteligência para conseguir um divórcio justo para os seus clientes e se sentir útil para a sociedade, mas amava mais a sua família. Desejava ver os filhos crescerem e seguirem os seus destinos, formando, trabalhando, casando e lhe dando netos. Mais pessoas para ela amar. Queria envelhecer, sentar na varanda da sua casa com o seu marido e olhar os velhos álbuns de fotografia, sorrir das piadas particulares, lembrar das brigas e das reconciliações, dos *perrengues* de manter uma casa organizada e da bagunça das crianças.

Clara entrou no palco, olhou para a mãe e sorriu. Sueli acenou e mandou um beijo. Ali estava todo o mundo dela. Sua filha linda, dançando como uma fada do ar, pairando sobre as suas sapatilhas rosas. O espetáculo acabou e tudo deu certo.

Sueli vestiu um macacão, com frente única, em tons de caramelo para combinar com os seus olhos. Prendeu os cabelos em uma trança embutida, carregou nos pulsos pulseiras coloridas e nos pés sandálias com saltos plataforma. Precisava estar bonita, afinal, encontraria as duas pessoas que mais gostava no mundo: Ana e Maju. Viveu com elas os maiores desafios da sua vida: a primeira bebedeira, o medo de falar em público, o divórcio litigioso dos seus pais, o vestibular, a faculdade de Direito, a prova da OAB, a cerimônia de casamento, e os partos dos seus filhos. Sueli se despediu do marido e dos filhos com beijos e recomendações que se comportassem, e saiu.

O bar Nuevo México tinha uma decoração típica, cores vibrantes, caveiras brancas pintadas nas paredes, chapéus imensos, toalhas coloridas e cactos plantados em vasos de barro. Uma música divertida e alta tocava, e já não havia mesas vazias quando Sueli entrou. O porteiro a cumprimentou com um sinal positivo e apontou para a mesa de sempre, no canto direito do salão. Sueli sorriu ao ver os balões de hélio em formato de letras, que criavam o nome que ela e as amigas deram ao grupo. Ela se lembrava detalhadamente desse dia. Foi memorável. Os pais da Ana saíram para mais um jantar de gala da alta sociedade e a deixaram sob a guarda de uma prima mais velha. A mãe dela permitiu que Sueli e Maju passassem a noite lá para fazer companhia à filha. Elas tinham dezesseis anos, eram jovens, tolas, ingênuas, revoltadas, esperançosas, donas da verdade e do mundo. Resumindo: *adolescentes típicas*. Resolveram que era uma boa ideia experimentarem vodca. Sueli surrupiou uma garrafa do estoque da mãe. Ela não notaria, pois, desde o começo do divórcio, estava sempre bêbada. Sentaram-se em círculo, no tapete felpudo que cobria o chão do quarto de Ana e beberam direto do gargalo, passando a garrafa de uma para a outra...

— *Eu não sei, mas, eu me sinto estranha nessa família. Sei lá! Minha mãe é toda bonita, elegante, cuida da casa, cultiva rosas, e os meus pais querem que eu seja igual, mas eu não consigo. Me cobram boas notas, que saiba francês, que toque piano. Eu não consigo! Querem que eu seja perfeita, como ela é! Eu não sou! Vocês entendem?*

— *Eu te entendo, Ana. Lá em casa a minha mãe só anda bêbada. Me manda estudar, me formar e não depender de homem algum, pois ela se ferrou! Fica falando que as minhas notas deve-*

riam ser melhores e que eu sou uma preguiçosa. Fuça as minhas gavetas atrás de pílulas anticoncepcionais e de camisinhas, dizendo que se descobrir que ando transando por aí vai me expulsar de casa. Não quer que eu namore nunca, pois os homens não prestam. Agora a nova é que eu preciso ser perfeita na escola! Só aceita dez. Ela não era assim antes do divórcio. Era doce e amável, mas o meu pai estragou tudo.

— *Calma, Sueli, o divórcio foi agora. Tá cedo. Logo ela volta a ser como antes.*

— *Tomara, Maju! Eu não aguento mais!*

— *Eu sei, amiga, mas ao menos você tem a sua mãe. E eu que perdi a minha e o meu pai virou a cabeça? Anda desfilando com meninas por aí, e elas nem têm vinte anos! Pelo amor de Deus! Um coroa de quarenta e tantos devia se tocar! Ele não me ouve, mal fala comigo e quase nunca está em casa. É só trabalho e balada. Quando me encontra, só diz que sou perfeita como a minha mãe! Me sinto solitária e abandonada! E não sou perfeita como a minha mãe! Não sou!*

— *Nenhuma de nós é perfeita, Maju. Somos só nós e bastamos.*

— *Isso mesmo, Sueli! Isso mesmo! Proponho um brinde! A nós do Clube das Mulheres Perfeitas!* — *gritou Ana.*

— *Ao Clube das Mulheres Perfeitas!* — *repetiram as outras duas.*

Dormiram bêbadas no tapete e acordaram com uma ressaca fenomenal. Nenhuma delas, nunca mais, tomou vodca.

Sueli se dirigiu à mesa. As amigas se cumprimentaram com beijos. Estavam felizes por estarem juntas mais uma vez na reunião mensal do Clube das Mulheres Perfeitas. Nos balões se lia isso, nos rostos via-se apenas mulheres perfeitas nas suas imperfeições. Elas tinham muita coisa para contar hoje.

Beberiam tequila – vodca nem pensar! – sorririam, dançariam, fariam terapia e seriam as amigas perfeitas.

Ana encheu os três copos de tequila. Cada uma segurou o seu no alto e brindaram:

— Um viva a nós, mulheres perfeitas!!!

A hora do jantar

A hora do jantar chegou. Uma toalha branca e engomada cobria a mesa. A porcelana branca pintada com flores azuis estava posicionada nos quatro lugares que seriam utilizados. Copos de água com hastes longas, taças para o vinho e talheres prateados foram colocados, equidistantes nas laterais dos pratos. Guardanapos de linho presos em argolas douradas, formando um leque, repousavam sobre a mesa.

Isabel arrumou tudo às dezoito e trinta. Ele chegou em casa às dezenove horas, largou a pasta e o paletó em cima da poltrona da sala. Os sapatos foram abandonados no corredor e o resto das roupas, no quarto. Entrou no banheiro. Da cozinha, ela ouvia o chuveiro aberto. Isabel apressou os passos, recolheu tudo, com movimentos agudos, colocando nos seus lugares.

Ela arrumou sobre a cama uma cueca, bermuda e camisa. No chão, um par de sandálias esperava. O chuveiro silenciou. Isabel contou até vinte, parou na porta do banheiro e plantou um sorriso.

— Oi, amor — ele depositou um beijo em sua testa.

— Oi.

Isabel entrou no banheiro, pegou a toalha do chão e a pendurou no toalheiro, esticada e reta. Alcançou o esfregão no canto e enxugou o ladrilho. De dentro do armário, sob a pia, tirou uma folha de papel toalha e limpou o espelho do banheiro, que embaçou com o vapor da água quente. Ao mesmo tempo, ouvia-o e respondia.

— Tive um dia de merda! O pentelho do Borges não parou de pegar no meu pé cobrando as metas de 2020.

— Foi mesmo?

— Foi. Quem consegue cumprir meta de investimento em meio a uma crise dessas?

— Ninguém.

— Isso mesmo, meu bem, ninguém. Onde estão as crianças?

— Terminando as tarefas da escola.

— Bons meninos. Espero que não atrasem o jantar, já está quase na hora.

— Não vão atrasar.

— Ótimo. Você sabe, eu detesto quando atrasa. Jantar às vinte em ponto, como fazia a minha mãe.

— Sei.

Isabel saiu do banheiro com o esfregão na mão. Levou-o à área de serviço, torceu o pano no reservatório, com uma rotação do braço, e o guardou no armário. Deu uma olhada no jantar. Quase pronto: o suflê de alho-poró no forno já adquiria o tom dourado, o arroz escorria sobre a pia, a salada guardada no refrigerador esperava apenas o molho, o purê de ervilhas já estava pronto e os medalhões de filé mignon, selados. No freezer, um sorvete de chocolate pegava ponto. Em passadas curtas e rápidas, atravessou o corredor e bateu na porta do quarto das crianças.

— Vamos, meninos, hora do jantar.

— Indo, mãe.

— Não esqueçam de lavar as mãos.

— Tá.

— Os cabelos estão arrumados, as unhas limpas? E nada de roupas amassadas!

— Certo, mãe.

A porta se abriu e dois meninos de oito anos apareceram. Tinham cabelos penteados para trás, fixados por um gel, rostos angulosos e sérios, vestiam roupas limpas e bem passadas.

— Deixa eu ver. Ótimo, queridos — Isabel depositou um beijo estalado em cada bochecha, fazendo os gêmeos sorrirem. — Vamos jantar.

Os meninos se sentaram, lado a lado, puseram as suas mãos entrelaçadas no colo e esperaram. Isabel voltou para a cozinha. Precisava dar os toques finais no jantar. Temperou a salada, desligou o forno, retirou o suflê e arrumou o arroz em uma tigela. Abriu o vinho tinto e o deixou respirando sobre o balcão central.

— O jantar está servido — avisou Isabel a ele, no quarto.

— Que ótimo, meu bem, estou morrendo de fome, mas você atrasou dez minutos.

— Desculpe, não vai mais acontecer.

— É bom.

Isabel acomodou os *bowls* com a salada, em porções individuais, na frente de cada um. Sentou-se e esperou. Ele inspecionou o conteúdo da sua tigela. Girou para um lado, para o outro, introduziu o garfo e depositou uma porção na boca, mastigou e engoliu. Fez uma leve oscilação de cabeça para cima e para baixo. Isabel voltou a respirar e os gêmeos começaram a comer.

— Só faltou um pouco de sal.

— Sim, meu bem.

Ela voltou para a cozinha, retirou o suflê do forno, e testou a temperatura com o dorso da mão. Morno. Perfeito. Colocou porções medianas nos pratos — nem grandes, nem pequenas —, acrescentou o arroz no lado oposto, com um ramo de salsa sobre ele. Acomodou os pratos em frente de cada um. Serviu o vinho e a água. Suco para os gêmeos. Sentou e esperou. Ele aproximou o rosto, cheirou. Espalhou um pouco do suflê e do arroz pela superfície do prato. Levou um bocado de ambos à boca, provou e engoliu. Cheirou o vinho, provou um gole, demorando para engoli-lo. Fez uma leve oscilação de cabeça, de um lado para o outro. Isabel apertou o garfo com força, sentindo o metal machucar a sua pele. Os gêmeos abaixaram as cabeças e começaram a comer.

— Querida, o arroz está empapado, o suflê desandou e o vinho não harmonizou. Entendeu?

— Sim. Entendi.

— Por que não melhora, querida? Preciso corrigi-la sempre. Meu pai nunca passou por isso. A hora do jantar era sempre feliz, com comida bem-feita e agradável. O que falta para você? Não faz nada, passa o dia todo em casa. Eu me estresso naquele escritório, aguentando clientes esnobes e arrogantes... Tudo para dar a você e aos meninos uma vida confortável... E você me serve essa porcaria?

— Desculpe. Vou melhorar.

— É bom.

Ele comeu toda a comida e bebeu o vinho em golinhos. Limpou a boca com o guardanapo engomado. Isabel remexeu a comida de um lado para o outro por minutos, espalhando-a por todo o prato. Engoliu uns bocados aos poucos e os gêmeos não comeram quase nada.

Isabel preparou o prato final, colocando uma porção mediana de purê de ervilhas, um medalhão de filé para cada, derramando sobre a carne um molho ferruginoso. Decorou o purê com um ramo de manjericão fresco. Limpou as bordas dos pratos com um guardanapo e levou-os, um a um, para a mesa. Primeiro o dele, depois os gêmeos e, finalmente, o dela. Sentou-se e esperou. Ele analisou a comida, provou o purê e testou a consistência da carne com o garfo. Cortou uma fina fatia do medalhão, colocou-o devagar na boca, mastigou e engoliu. O homem franziu o sobrolho e um esgar do músculo facial entortou a sua boca para a direita.

— Isabel... assim fica impossível. Que merda é essa?! O filé parece uma borracha. E esse purê? Lavagem de porco!

Ele se levantou e jogou o conteúdo do seu prato sobre a blusa branca de Isabel, que se manteve imóvel. Puxou a toalha da mesa com um único movimento, fazendo tudo se espalhar por toda a sala. O som da louça se quebrando penetrou como pontas na cabeça de Isabel.

— Você me ouviu, vadia? Responda!

— Por que fez isso? Quebrou a louça da minha mãe...

— Quem liga para essa porcaria?

— Eu ligo, seu merda! Eu ligo! Era a única lembrança que me restou!

— Está me respondendo, vagabunda...

— Estou. E daí?

— E daí? Você vai ver. Lucas, Davi, para o quarto. Agora!

O homem segurou Isabel pelo braço direito, arrastou-a pelo corredor, entrou no quarto e trancou a porta. Ela foi imprensada contra a parede, tendo o seu pescoço esmagado por uma mão de ferro. Dois tapas de mão aberta acertaram as suas faces, fazendo um filete de sangue escorrer do lábio partido. A cabeça foi batida contra a superfície sólida por vezes e vezes, causando uma dor surda. Durante todo o tempo, ele gritava:

— A culpa é sua, desgraçada! A culpa é sua! Eu não quero fazer isso, mas você me obriga. Eu tenho que castigá-la, ensiná-la. Sua culpa. Sua culpa. Sua culpa.

Após minutos intermináveis, ele a soltou. Afastou-se dando vários passos. Respirava com dificuldade, inalando várias golfadas de ar. Sentou-se na beirada da cama e, escondendo o rosto entre as mãos, desandou a choramingar, balançando o corpo para frente e para trás.

— Desculpa, amor. Desculpa. Nunca mais eu vou fazer isso. Só me desculpa…

Isabel se descolou da parede que a amparava, ajeitou a blusa que se rasgou durante o ato, prendeu os cabelos em um rabo de cavalo, limpou o sangue e saiu do quarto. Tinha que limpar a bagunça na sala de jantar, recolher a comida do chão, passar os esfregão, lavar a louça, guardar os restos da comida, preparar as crianças para dormir e, o mais importante, ver se alguma parte da sua louça se salvara do vendaval. Afinal, amanhã tinha a hora do jantar.

Caleidoscópio

Amanhecia e a luz fria do nascente invadia o quarto pelas frestas das persianas, criando um efeito de caleidoscópio sobre o chão do quarto. A cama de casal desforrada tinha os lençóis em total desordem, como se um redemoinho tivesse soprado por ali. A cama estava vazia! Os lençóis frios! A mulher em pé, de frente para a janela, aproveitava as frestas para vigiar o portão da casa. O caleidoscópio também pintava o seu corpo e a temperatura da luz era igual à do corpo que tocava.

Ela passara a noite ali. Em pé. Vigiando. Queria ver a que horas o portão se abriria. Fazia questão de marcar a hora. O minuto. O segundo. Queria ver que desculpa ele daria.

O portão se abriu. Marcos entrou, silencioso, com os passos abafados pela grama do jardim. Estava cansado. Fora uma noite e tanto! Agora só o que queria era deitar em sua cama, esticar-se nos lençóis quentinhos e dormir por horas. Abriu a porta de casa e tentou fechá-la sem muito barulho. Não queria acordar a sua esposa, afinal era muito cedo ainda. Abriu a porta do quarto e ao vê-la parada, em frente à janela, percebeu que sua cama ficaria para outra hora.

— Bom dia, amor! Já levantou?

— Levantei? Você é muito cretino mesmo!

— Que é isso, amor?! Não vamos começar...

— Você não viu nada ainda. Eu nem comecei! Onde diabos você se meteu? Na farra, com certeza! Por aí, com aquela sua turminha de vagabundos!

— Você sabe que eu não estava na farra!

— Sei? Você que diz! Estava foi pegando umas piranhas! Não foi isso? Confesse, seu filho de uma puta! Confesse! — gritou a mulher, dando passos precipitados, que a aproximaram do marido. Sua mão se fechou em um murro, mas segurou o movimento na metade do caminho.

— Vamos parar! Não começa de novo com essa ciumeira! Eu estou cansado! Quero dormir. E minha paciência está por um triz!

— Cansadinho, é? Suas piranhas deram muito trabalho, foi? Ficou transando com elas a noite toda, foi? Seu desgraçado! Seu filho da puta! Eu te odeio! Te odeio!

Ela gritava e esmurrava o peito do marido em um desvario de fúria e dor. Ele tentava segurar os seus pulsos fechados, querendo evitar que ambos se machucassem mais. Já se cansara daquelas cenas estapafúrdias. Toda semana se repetia e toda semana ela se desculpava. E ele aceitava. Mas hoje foi o fim. Não dava mais.

— Rita! Chega! — gritou, dando sacudidelas nela, tentando chamá-la à razão.

— Por que você faz isso? Por quê? Eu te amo tanto! Por que tem que sair e chegar de manhã? Você disse que ia chegar cedo do trabalho! — falava Rita, com soluços altos saindo da sua garganta.

— Rita, você tá louca? É o meu trabalho! Eu sou médico, porra! Eu fiquei preso em uma cirurgia! Foi uma emergência!

Como eu podia prever que ia acontecer um acidente de carro na BR? Que um maluco bêbado ia bater em uma família?

— Cirurgia? Acidente? Desculpa! Você diz que estava preso em uma cirurgia! Sei lá...

— Sei lá? Brincadeira! Você sabe o que é passar a noite toda operando uma criança de 10 anos, lutando para salvar aquela vida?! Ver a pessoa morrendo? Ouvir o silêncio no monitor quando o coração para de bater e você não poder fazer nada? Você sabe? Não! Fica aqui trancada em seu castelo frio, do ciúme! Olhando para o *seu* umbigo! Tudo que queria agora era uma cama quente! Conforto! Um abraço! Mas como você me recebe? Chega, Rita!

— Você podia ter me ligado! Nem um telefonema, porra!

— Não deu tempo! O hospital estava uma loucura! Gente sangrando no corredor! Um acidente, Rita! Um acidente! Como é que eu ia ligar se estava socorrendo a criança! Como? A criança morreu! Pelo amor de Deus!

— Marcos, desculpa! Me desculpa...

Rita não consegue mais falar, o choro sai em borbotões. Incontrolável. Escorrega pelo corpo do marido, se ajoelha, prende-lhe as pernas com um abraço.

— Desculpa! Desculpa! Desculpa...

— Não, Rita. Não te desculpo. Chega! Acabou! — Marcos fala com voz cansada. Solta-se o mais delicadamente daquele abraço estranho, abre o armário, pega uma maleta, e coloca o que vê na frente dentro dela. Fecha. Sai caminhando pelo mesmo caminho que fez ao entrar mais cedo. Rita se joga ao chão e abraça o próprio corpo em posição fetal.

A luz fria que passa pelas frestas das persianas faz um caleidoscópio sobre o seu corpo.

nuvens

Olívia mirou o espelho e sorriu. Um vestido branco, feito nuvem, coberto por um véu transparente e cálido que descia da sua cabeça e tocava o chão. Isso que via. Ela vestida nele. Envolta nele.

Ela tocou a seda da saia. Macia. Suave. Pura. A renda do véu era um entrelace de arte no fio, formando pequenas flores. Passou horas, dias, meses escolhendo cada detalhe: a cor, o caimento, o modelo. Perseguiu a perfeição e conseguiu.

Olhou para a pilha de envelopes, sobre a mesa de canto, que depositou ali ao chegar. Outro sorriso. Feitos em papel Aspen, gramatura 250g, medindo 30x 17 cm. Cuidadosamente escolhidos por ela. Detalhe por detalhe. Impresso em relevo, o monograma O&A se destacava.

Aproximou-se dali e se sentou em uma das poltronas laterais à mesa. Pegou um dos envelopes e alisou o papel acetinado. Abriu. Passou a polpa do dedo sobre os nomes escritos em tinta dourada. Olívia Medeiros Vieira & Alan Melo Freire. O nome dos pais de ambos logo acima. Perfeito.

Faltava um mês para o casamento e estava tudo pronto. Conseguiu até um horário na Catedral Basílica. O bispo Dom

Geraldo oficializaria a união. Flores de laranjeiras para o buquê e para a igreja. Cuidou de cada detalhe. Alan concordava e sorria. Ele é um amor!

Uma vidraça ampla, que cobria todo o pé-direito da parede frontal, iluminava toda a sala. A luz tocava Olívia, refletia no branco do vestido e fazia com que parecesse etérea. A moça olhou através do vidro e observou a rua. Um dia típico de verão corria lá fora. Céu claro e sem nuvens. Sol forte. Olívia rezava para que o dia do seu casamento fosse assim. Não alugara toldos e a festa seria no jardim da sogra. Não podia chover.

Um cabelo loiro no outro lado da rua chamou a sua atenção. Conhecia aquele cabelo. Aproximou-se da vidraça. Queria ver melhor. O dono das mechas era um homem alto e magro, vestido em um paletó cinza, que ela conhecia. Transportara-o da lavanderia para o apartamento do noivo ontem, junto com a gravata vinho.

O homem virou e ela viu a gravata. Era vinho. Subiu os olhos para o rosto. Era o Alan. Ela não conhecia quem era a garota ao lado dele. De mãos dadas com ele. Sorriam os dois. Ele deveria estar em uma audiência agora. Disse que estaria em uma audiência do seu cliente do divórcio. Ele abraçou a garota. Abraço apertado. Beijou-a na boca. De língua.

A boca de Olívia secou. Tentou molhar os lábios, mas não tinha saliva. Fechou os olhos e os abriu. Eles continuavam lá se beijando. Sorrindo. De mãos dadas. O casal se moveu.

Olívia fez uma volta de cento e oitenta graus. Deu vários passos apressados. Abriu a porta da loja de noivas, sem ouvir a costureira perguntar aonde iria vestida de noiva. Saiu ao sol. Cegou momentaneamente. Avistou o casal ao longe. Correu, desembalada, rua abaixo. Várias pessoas se voltavam para olhar o inusitado: uma noiva correndo em via pública em um dia de sol. Devia ser uma novela. Ou série de TV. Um comercial? Olívia precisava falar com ele. Saber de verdade. Era verdade?

Não. Viu errado. Era outro homem parecido, com um terno igual. Uma gravata igual. O nervosismo do casamento estava lhe pregando peças.

O vestido branco e o véu arrastavam na calçada. As barras ficaram sujas. Arranhou os pés descalços. Dobrou a esquina e não os viu mais. Andou um pouco, aleatoriamente. Sem direção. Olhava cada canto, na calçada, dentro das lojas.

O sol se escondeu atrás de nuvens. O céu ficou cinza. Ela viu através de uma vidraça ampla um casal sentado em uma confeitaria. Mesmo terno. Mesma gravata. Mesmo cabelo. Eles se sentaram próximos. Olhos nos olhos. Ele beijou a mão da mulher. Sorriu. Olívia olhou para a sua mão direita e encarou o seu anel de noivado. Alan lhe dera há um ano, um aro de ouro centrado por um diamante de um quilate. Lindo. Caro. Vazio. Era mesmo o Alan beijando outra mulher um mês antes do casamento deles?

Olívia abriu a porta da confeitaria. Um ruído de sino a recepcionou e burburinho de vozes em conversas baixas. O cheiro de café recém-coado e chocolate quente fluía no ar. Parou, abaixou a cabeça e inspirou fundo. Iria lá saber o porquê. Não, fingiria que nada viu. Iria lá.

O som surdo de uma cadeira caindo ressoou na confeitaria. Olívia levantou a cabeça e mirou o noivo. Ele estava em pé ao lado da mesa. Cadeira no chão. Olhos arregalados encarando Olívia. Deu dois passos para frente e parou. Os sons do ambiente ficaram mudos aos dois. Eles congelaram, encarando-se no salão de uma confeitaria, ela vestida de nuvem, ele de cinza. Um mês antes do dia marcado para o casamento.

Prisão

Márcia estava presa. Olhava em volta e sentia as paredes, as portas, os móveis prendendo-a. Até redes nas janelas. Grades? Com certeza. Seu olhar migrou da sala para o marido. Reinaldo estava sentado ou semideitado, acomodado no sofá. Cerveja gelada na mão. Jogo de futebol. Gritos e xingamentos. Ele estava no seu *habitat natural*. Satisfação, euforia, felicidade! Na cabeça, a única pergunta que surgia era se existia coisa melhor! Se tinha, ele não sabia. Era o ápice do melhor da vida. O céu!

Márcia sentiu a desesperança subir a garganta e ficar presa na boca. Ela sabia que nada adiantaria verbalizar. Ele era assim e não mudaria. Ela estava presa a ele! Ponto!

Ele a chamou e pediu mais uma cerveja gelada! E frisou o *gelada*. Márcia pensou em quantas vezes já ouvira aquela frase. E outras mais!

Cadê a minha toalha?
O jantar tá uma merda!
A chata da sua mãe tá vindo pra cá?
Que vestido curto é esse? Troca!

Ela cansou de toda essa porcaria!

A mulher foi à cozinha e pegou a cerveja. Abriu-a e voltou para a sala. Encarou o marido com firmeza, jogou todo o líquido *gelado* sobre ele e perguntou:

— Tá gelada o suficiente?

A porta se abriu e ela saiu da prisão.

Molas

As rodas da cadeira faziam um barulho surdo no corredor do hospital. Suas molas, já um pouco frouxas do uso contínuo, não amorteciam mais o peso do paciente. Faziam um ruído irritante. Sentado nela, e sendo conduzido por um jovem, o general Carvalho resmungava sem parar.

— Você não presta nem para dirigir carro de mão, imagina uma cadeira de rodas!

— Calma! Estamos quase lá!

— Calma, o quê? Você é um desastrado!

— Sim, vovô! Desculpa! — o garoto respondia com a maior calma.

Pararam em frente à sala, onde estava gravado: *Doutora Ana Amélia Melo*. O rapaz bateu na porta e, após a concordância vinda de dentro, abriu-a. O som das rodinhas recomeçou, até que chegasse à frente da mesa.

— Você é a médica? — perguntou o velho.

— Sou! Doutora Ana Amélia! Prazer!

— Você não pode ser a médica! Escurinha desse jeito?

— Como é?

Doutora Ana Amélia não acreditou no que ouviu. Hoje o seu dia já começou mal! Aquele senhor encurvado, sentado em sua cadeira de rodas, com aparência de fragilidade, era o seu primeiro paciente do dia. Na sua ficha constava: noventa e quatro anos, ex-tabagista, diabético, general do Exército – reserva.

Respirou fundo para não soltar uma resposta malcriada. O seu treinamento médico segurou a sua língua. Tinha que manter a postura. O neto, coitado, encolheu-se na cadeira e fez um gesto de mão, pedindo desculpa. Ela apenas deu o seu sorriso profissional.

— O que é isso, general? Todos aqui no hospital podem lhe garantir que sou muito qualificada!

— Qualificada? Esse mundo está perdido! Uma negrinha qualificada?

A médica suspirou. Será que ela precisava provar todos os dias a sua competência? E a sua graduação com honra? E a sua residência médica? O seu mestrado? Não serviam para nada! Só a cor da pele diz algo sobre as suas capacidades? O general achava que sim! Pena que não era só ele...

Ana Amélia ainda guardava as lembranças. As meninas que não brincavam com ela na escola. A vizinha que a confundiu com a filha da empregada no elevador do seu prédio. As bonecas sempre loiras. O garoto que a chamou de mulata gostosa no colegial. O cheiro do creme alisante na adolescência. A ex-futura sogra que reclamou, pois os netos iam ter cabelos *pixains*! E olha que já se passaram mais de cem anos que Izabel assinou a Lei Áurea! Por que será que ainda existem pessoas que pensam assim? Não bastou todo o sofrimento do povo africano tratado com barbaridade?! Sem dó, nem piedade?! Podiam agora deixá-los em paz para viverem dignamente suas vidas? Dignos, já se provaram!

— General, peço que me respeite! Eu estou aqui fazendo o meu trabalho. Sei que sou qualificada. Estudei para isso. Se o senhor não mudar a sua postura, infelizmente não poderá ser o meu paciente!

— Respeito! Vou lá respeitar gente de cor! *Eu* que não quero ser seu paciente! Vamos, menino, me tire daqui!

Ela ficou ali, parada, encarando a porta aberta por onde os dois saíram. O som da cadeira de rodas se afastando ressoava na sua cabeça, como um grito de afronta a tudo o que era! A toda a sua luta! Dor. Revolta. Mágoa. Desesperança. Sentia tudo ao mesmo tempo. Que isso mudasse! Que o mundo mudasse!

Agora precisava trabalhar. A sua agenda estava cheia.

Tomara que de pessoas racionais e empáticas! Oxalá!

✿

O dia passou sem maiores dramas. No fim do expediente, chegou a sua última paciente. Era uma menina de seis anos, chamada Bertha. Vinha acompanhada dos seus pais, alemães recém-imigrados da Europa. Tinha o biótipo característico da *raça ariana*: brancos, altos, olhos azuis. Sérios, entraram no consultório e se sentaram. O silêncio se prolongou por alguns minutos, até a pequena Bertha quebrá-lo. Ela encarou a médica com aquelas duas pedras azuis.

— Oi, você é a médica?

Ana Amélia gelou na sua cadeira. De novo, não!

— Sim, sou a médica!

— Legal! Adoro médicas com molinhas no cabelo! — falou Bertha, e abriu um lindo sorriso.

Ana Amélia sorriu de volta.

A pombinha

Sentada à mesa da cafeteria, Rebeca fitava a xícara de café, tentando enxergar no seu fundo uma saída. Sabia que a decisão de ir a Paris foi errônea e irresponsável. Um risco que aceitara, apesar dos conselhos contrários das suas amigas. Deveria ter avaliado melhor o caráter dele, ter notado o modo escorregadio que lhe respondia e como nenhuma vez cumpriu as suas promessas!

Ficara cega pelos olhos verdes que sempre pareciam inocentes e sinceros. Como o amara! Como se sentira amada! Ele a chamava de *pombinha*! Dizia que ela era branca e roliça como o pássaro. Que era a sua paz! Mas nada disso o manteve ao seu lado. Naquela manhã, simplesmente pegou a sua mala, abriu a porta e saiu! Para sempre! Para longe!

Agora ela estava ali, sentada, perdida! Para onde iria se não tinha dinheiro? Nem o aluguel ele pagou. Sua senhoria a ameaçou de jogar todas as suas tralhas porta afora! Ela não poderia voltar para a casa dos pais no interior, eles nem a aceitariam! Uma moça solteira desonrada era uma ferida aberta na família! Todos os vizinhos iriam apontá-la na rua da vila! Não conseguiria ensinar em nenhuma escola de moças! Não poderia trabalhar como criada em nenhuma casa decente! Não poderia mais se casar! Era uma perdida! Mas não sentia tanto por isso, sabia que nunca se adaptaria àquela vida maçante! Esposa? Pratos? Roupas para lavar? Crianças com narizes remelentos! Não! Não era para ela! Além do mais, aqueles camponeses rústicos, com mãos grossas e cheirando a suor, nunca a fariam feliz na cama!

Arrastou-se dali, apertando o casaco no corpo, tentando impedir o frio de entrar! Tomara uma decisão! Sabia onde conseguiria se abrigar naquele inverno! Andou pela rua pensando como abordaria a dona do negócio.

Sabia que não aceitavam qualquer uma. Selecionavam as garotas com cuidado, entre aquelas que fossem mais educadas, bonitas e limpas. Achava que tinha alguma chance de conseguir a colocação, afinal cumpria todas as exigências. Era tudo aquilo. Se conseguisse entrar, se daria bem por lá!

Bateu na porta 32 da Rue Richer. A porta de madeira maciça, com uma aldrava de metal dourada, era impressionante. Só fazia com que imaginasse o luxo que imperava lá dentro. Um homem forte atendeu.

— Quero ver a Madame Breslin!
— *Quem* quer ver?
— Uma pretendente ao trabalho.
— Espere aqui!

Uma mulher bonita, vestida em trajes finos, mas um pouco chamativos, apareceu após alguns instantes. Exibia um colar de pérolas com várias voltas, que lhe cobria os seios parcialmente desnudos. Olhou a moça de cima a baixo, medindo as suas formas e apreciando as suas curvas exuberantes. *"Perfeita!"*, pensou.

— O que quer, *pétit*?

— Ficar aqui!
— Ficar aqui? Tem certeza?
— Absoluta!
— Sabe o que fazemos aqui?
— Sei! Ganham dinheiro!
— E por que quer ficar conosco?
— Meu amante me largou na merda!
— Entendi. Típico! Como se chama?
— *La Colombe*!
— Só?
— Só!
— Então, bem-vinda ao *Cabaré Majestueux*, La Colombe!

Portas Automáticas

A porta automática se abriu mais uma vez. O dia inteiro ela se abriu e fechou por centenas de vezes, deixando passar os clientes e funcionários da Oliveira Engenharia S.A. Marisa, sentada por trás de uma mesa semicircular, suspirava cada vez que ela abria. *Mas, que saco! Mais um cliente!*, pensava. Ou *Lá vem o carinha tarado do quinto andar me cantar!*

O tal, do quinto andar, aproximou-se de Marisa já exibindo aquele sorrisinho nojento que ela odiava! Junto com ele, o Fagundes, terceiro andar, arquitetura.

— Como vai, minha linda?

— Estava bem há um segundo!

— Nossa! Se eu soubesse que iria se chatear tanto, não deixaria o Fagundes se aproximar.

— Me tira da conversa! Sou um mero expectador!

— Bibelô! Você soube que o Mendes agora virou vice-diretor executivo? Sorte a minha, porque a coordenação dele vai cair no meu colo!

— Quem disse que a coordenação vai pra você? Muito apressado, você!

— Fagundes, cala a boca! Você não disse que era mero expectador?

— Desculpa aí! Tô calado!

— Eu estou com o Fagundes! É muito cedo para você se gabar! Você nem sabe se tem qualificação para o cargo!

— Ah, minha linda, essa doeu! Eu aqui todo animadinho para convidar você para uns *drinks* de comemoração da minha futura promoção, e você me trata assim?

— Só falei a verdade! Por enquanto, só o que sabemos é que o Mendes foi promovido e com merecimento! Ele é um engenheiro fabuloso e merece essa promoção!

— Concordo!

— Fagundes! Expectador! Lembra?

— Ops...

— Assim você vai me deixar com ciúme, *baby*! Até parece que tem uma queda pelo Mendes!

— Eu, hein! Só porque elogiei o homem, não quer dizer que tenho interesse nele! Mente suja a sua!

— Isso é! Só tem merda na cabeça!

— Fagundes, se não quer me ajudar, não atrapalha!

— Zíper... — fala o homem, simulando o movimento de fechar os lábios com um zíper.

— Rá! Que graça! Agora o Fagundes não pode dizer a verdade!

— Verdade! Que verdade? Eu não tenho a mente suja! É que você elogia demais o cara! Acho o Mendes um palhaço! Todo arrumadinho naquele terno! Ele é um bom puxa-saco do diretor, por isso ganhou o cargo! Mas, tudo bem! Se eu não ficar com o seu lugar, ao menos me vejo livre dele lá no setor. Pé no saco!

— Não acho que seja assim! Ele apenas é correto! Não gosta de enrolação!

— Por acaso você trabalha com ele, homem? Fica lá, no terceiro andar, fazendo desenhos no computador!

— Mas ele e o Mendes já participaram de vários projetos juntos! Pode opinar, sim, Fagundes! O Mendes é, definitivamente, o melhor engenheiro da Oliveira Engenharia! E recolhe a inveja, que tá feio!

— Poxa, bonita! Não fala assim! Eu não tenho inveja daquele mala! Mas vamos deixar o Mendes pra lá! E aquele *drink*, rola?

— Tô fora! Não saio com colegas de trabalho! Desiste!

A porta automática abriu. O Mendes, elegante em seu terno preto, entra no saguão da empresa. Caminha e atravessa todo o espaço, até parar em frente à mesa.

— Olá! Como estão? Marisa, como está elegante hoje!

— Obrigada, Mendes!

— Marisa, sabe o que é? Eu estou um pouco assim para falar... Mas você não gostaria de sair hoje para tomar um vinho? Não sei se você sabe, mas eu fui promovido e queria comemorar com você a minha alegria. Você topa?

As bochechas de Marisa coraram, seu fôlego faltou, as mãos suavam tanto por baixo da mesa, que precisou enxugá-las na saia. O Mendes a convidou para sair! Era real aquilo? Ela quis se beliscar! *Caraca, o homem era um sonho! Calma! Se acalma e responde!*, pensou.

— Claro, Mendes! Vai ser um prazer!

— Então, tá. Te mando uma mensagem no celular combinando tudo! Tchau, caras!

— Puta que pariu! Se ferrou, parceiro! Se ferrou! — falou Fagundes, gargalhando e dando tapinhas nas costas do outro.

As portas automáticas se fecharam depois que o carinha do quinto andar saiu pisando duro.

O telefonema

Alice dormia, embrulhada na sua coberta de lã. As noites estavam muito frias naquele inverno. Algo perturbou o seu sono. Um som estridente que a despertou. Girando o pescoço para todos os lados, procurou a origem do som: seu celular, que vibrava em cima da mesa de cabeceira.

O seu coração falhou uma batida. Hesitou um minuto para pegar o aparelho, pois veio na sua mente uma frase tantas vezes repetidas por sua mãe: *Telefonemas na madrugada com certeza trazem más notícias!*.

O suor escorria por suas costas, o coração martelava, e a sua voz tremia ao atender o telefone.

— Alô!

— Senhora Alice? — perguntou uma voz feminina no outro lado da ligação.

— S-sim, sou eu.

— Senhora, aqui é do Hospital Santa Misericórdia. Nós encontramos o seu número no celular de Roberto Luiz Mello. Ele está sendo atendido aqui no hospital. A senhora o conhece?

Alice sentiu todo o sangue migrar para a parte inferior do corpo. Era como se o seu cérebro estivesse adormecido. Nenhum pensamento lógico era produzido, nenhum som coerente saía da sua boca.

— Senhora! Senhora Alice! Ainda está aí? Está ouvindo? — repetia a voz do outro lado.

— Estou aqui! É o meu filho!

— Precisamos que a senhora se dirija ao hospital imediatamente!

— Claro, estou indo!

Ato contínuo. Alice se levantou da cama, abriu o armário, agarrou uma roupa qualquer e a vestiu. Saiu do quarto calçando os sapatos pelo corredor. Na sala, apanhou a bolsa, enfiou a chave de casa e o celular lá dentro e se precipitou porta a fora. Atravessou a rua como uma louca e se jogou na frente do primeiro táxi que passou. No banco do fundo, ela passou todo o trajeto até o hospital oscilando entre a esperança e o desespero. Ora rezava, ora chorava e soluçava.

O táxi chegou ao hospital. Alice ficou ali parada, o medo freando a pressa, tomada por uma angústia escura e pegajosa. Um pressentimento ruim, de caos, de dor, de perda. Ficou ali parada, hesitante, olhando aquele prédio branco e asséptico. Queria entrar e ver o seu filho. Queria ficar ali e não saber de nada. Queria sumir. Ir embora. Fazer a volta, entrar no táxi. Fingir que não atendeu ao telefonema.

Impulsionou as pernas para frente, dando um passo de cada vez. Querendo voltar. Querendo ir. O que será, meu Deus, que ouviria? Que pergunta idiota, Alice! Desde quando se ouve boas notícias em hospital no meio da noite?

As portas automáticas se abriram, o odor de eucalipto, frio e picante, invadiu o seu nariz. Um silêncio opressor, quebrado por um leve arranhar de cadeira e de passos abafados, reinava. Alice se informou na recepção. Uma moça jovem a olhou com indiferença. Não deu detalhes. Não estava autorizada a dar detalhes. Só o médico. Alice seguiu para o andar cirúrgico. Roberto se submetia a uma cirurgia, foi o que falou a jovem. Mais nada.

Na sala de espera, Alice se sentou em uma cadeira diretamente em frente a um par de portas em vai e vem, onde se via escrito em letras garrafais: *CENTRO CIRÚRGICO: APENAS PESSOAS AUTORIZADAS*. Ela grudou os olhos naquelas portas, aguardando que o médico aparecesse. Não devia ter alguém ali para lhe dar notícias? Que cirurgia era aquela? Como o seu filho chegara ali? Como ele estava? Era grave? Foi um acidente?

O tique-taque do relógio de parede marcava o tempo. Alice olhava toda hora para ele. Da porta para o relógio. Os ponteiros se mexiam em lentidão, em suspense, como num sonho. Um minuto. Dez. Trinta. Uma hora. Duas. Três...

As portas se abriram, dando passagem a um homem alto, vestido em pijama cirúrgico azul. Uma touca da mesma cor cobria os cabelos. Cara de cansado. Marcas da máscara cirúrgica. Alice se levantou, olhou dentro daqueles olhos. Olhos de pena. Olhos de pesar. Olhos de quem não queria estar ali.

Ele segurou as mãos de Alice e deu um pequeno aperto.

— A senhora é parente de Roberto Mello?

— Mãe.

— Seu filho sofreu um acidente de carro. Bateu de frente com um poste. Estava sem cinto e foi arremessado pelo para-brisa. O outro rapaz, que dirigia o carro, foi salvo pelo *airbag*.

— Meu filho... Como ele está?

— Teve um traumatismo craniano. Acabamos de operá-lo para drenar um coágulo no cérebro. Ele está indo para a UTI agora.

— E?

— Fizemos tudo que podíamos mas, infelizmente, o estado do seu filho é muito grave. Sinto muito.

— Grave? O quê?

— A senhora poderá vê-lo por alguns minutos, assim que o instalarem no leito. Mais tarde lhe darei mais notícias. Lamento!

Alice sentiu como se todo o ar sumisse! Arfava e tentava inspirar grandes volumes de ar, sem nunca conseguir o suficiente. Escorregou lentamente para o chão, escorando o corpo na parede. Encolheu os joelhos de encontro ao corpo e chorou compulsivamente!

Não é verdade! Não deve ser o Roberto. Talvez um dos seus colegas estivesse com o celular dele. Foi isso, sim. Aquele menino bem que faria isso. Emprestar o celular para alguém. Mas quando eu for na UTI, vou desfazer esse engano. Claro que não desejo isso para outro jovem, mas o meu filho, não! Com certeza, esse outro irá melhorar. Meu filho nunca se envolveria em um acidente. Era muito cuidadoso. Calma, Alice, logo você verá que foi um enorme engano, pensou a mãe.

Cenas disparavam como *flashes*. O primeiro sorriso banguela. Um bebê tão lindo! Gorducho, vermelho, amassado. Cheiro de lavanda, golfada azeda e amor. Os primeiros dentinhos. Noites sem dormir, febre, choro. Depois, a alegria com o balanço na árvore! Que festa foi! Ele e a irmã. Ela, um pouco mais velha, empurrava o balanço e ele ria. Risada frouxa, que é a boa. Risada de inocente. Corrida no gramado do fundo da casa. Banho de lagoa na roça. Na adolescência, um pouco de rebeldia. Tatuagem de surfista, cabelo comprido, brinco. Um pouco de barulho a mais. Amigos esquisitos. Um baseado? Talvez. Namorada. Nova namorada. Outra namorada. Festas e bebedeira. *"Não, mãe, não bebi nada. Eu juro!"*, ele dizia. O brilho nos olhos quando passou no vestibular. Engenheiro. Abraço apertado na mãe, na irmã, na avó. Menino de ouro.

Os ponteiros do relógio fizeram algumas voltas, mas Alice continuou ali no chão... esperando... tentando entender!

— Senhora, seu filho já está na UTI. Vou levá-la até lá.

Uma enfermeira vestida no mesmo pijama cirúrgico olhava Alice. Outro par de olhos cansados a encaravam. Seguiu-a por um longo corredor de paredes brancas. Luzes frias iluminavam o trajeto até uma porta ampla: *Unidade de Terapia Intensiva*, estava escrito. A moça digitou um código no painel e a porta se abriu em um estalido seco. Alice entrou e foi recebida pelos sons ritmados dos monitores cardíacos e o cheiro ácido de antisséptico. A equipe médica se movia silenciosamente entre os leitos, arrumados lado a lado, separados por biombos brancos.

O seu filho estava no *leito 23*. O último à direita. Um curativo grande na cabeça raspada, fios, hematomas, cortes. O som do respirador fazendo *tchuuuuu... tchuuuuu... tchuuuu...* repetidamente. Era o fio que o ligava a vida.

Toda a esperança de que fosse outro se esvaiu. Alice não podia refutar a imagem do seu filho deitado no leito de UTI. Era mesmo ele. Ele!

Ainda sentia o toque leve, o roçar suave dos lábios em seu rosto, o abraço. Foi há poucas horas, antes de sair. Sempre se despedia assim. O sorriso de até logo encoberto vagarosamente pela porta fechada. Foi para uma balada com os novos amigos da faculdade. Ia ver uma garota.

Uma médica a abordou na beira leito. Voz baixa. Rosto sério. Mãos frias. Alice não queria ouvi-la, mas a situação se impunha. Olhou mais uma vez o rosto machucado do seu filho. Viu o mesmo nariz afilado que a encarava todo dia no espelho. Lábios finos e queixo quadrado, como o do pai. Os olhos castanhos e meigos, agora fechados por pálpebras presas por tiras de esparadrapo. Era mesmo ele!

A médica repetiu a mesma ladainha de estado grave, lesão cerebral, hemorragia, traumatismo, situação difícil, se prepare... e finalizou com *REZE*.

Alice sabia que havia um engano naquilo. Toda aquela noite era um engano. Os médicos estavam errados, não podiam saber como o seu filho evoluiria. Tinha certeza de que ele resistiria. Venceria! Ele era forte! Jovem! Tinha só vinte e um anos. Um menino saudável, atleta! Ele sobreviveria!

O seu tempo na UTI acabou cedo. Muito cedo. Voltou para o seu posto de vigília, agora em uma recepção em frente à UTI. Outro relógio de parede e outra porta para encarar. Sentou-se. Prometeu não sair dali até o seu filho melhorar. Lembrou de ligar para a filha. Precisava dela ali. A filha, aturdida, prometeu chegar logo.

Alice se perguntou quem era o outro rapaz no carro. O motorista. Ele estava a salvo. Seu filho, não. Por quê? O tal devia estar bêbado, com certeza! Irresponsável! Culpa dele o seu filho estar na UTI. Oxalá encontrá-lo para lhe dizer certas verdades!

Levantou-se. A raiva que a impregnava não permitia placidez. Impunha movimento. Passadas apressadas. Abrir e fechar de mãos. Eletricidade. Queria correr. Encontrar o culpado. O outro. O motorista. Queria bater nele, socar, fazer sangrar. Gritar, cuspir, quebrar, destruir. *Tudo sua culpa!*, pensou.

A filha a encontrou naquele frenesi. Aproximou-se tentando abraçar. Alice não suportou o abraço. Não queria afeto, nem consolo. Queria quebrar toda aquela porcaria de sala. Destruir aquele hospital. Começou a esmurrar a parede com força. Uma pergunta se repetia, explodia em sua cabeça: *Por que o seu filho? Por quê? Por quê? Por quê?*

A filha a conteve com o peso do corpo contra a parede. Murmurava *calma, calma...* e a resposta foi um urro alto, rouco, visceral. Espasmos e tremor. Até que desabou no chão, abraçada com a filha.

— Vem, mãe! Vamos nos sentar ali!

Permaneceram ali. Sentadas. Silenciosas.

Alice começou uma prece. Seus lábios batiam sem som: *Pai, salva o meu filho. Prometo acender mil velas, assistir à missa todo domingo, subir de joelhos as escadarias da Penha, ser mais caridosa, amorosa, solidária, empática. Vou no Santuário de Fátima, no de Nossa Senhora Aparecida... eu prometo! Senhor, leva a minha vida no lugar da dele! Pode levar! Mas, por favor, salva o meu filho!*

— Mãe, você tem que ir pra casa dormir, descansar... deixa que eu fico aqui. Juro que te ligo se algo mudar.

— Não. Prometi ficar aqui até ele sair da UTI.

— Mãe, pode demorar! Ele pode nem sair...

— Bate na boca! Não seja agourenta! Deus vai ajudar!

— Mãe, vamos para casa! Voltamos amanhã! Ele está bem cuidado. Aqui não ajudamos em nada.

— Não! Vou ficar!

Ficaram. Alice rezou, sua filha rezou. O ponteiro grande do novo relógio girou duas vezes. O som agudo do telefone celular cortou as preces. Era o de Alice. O mesmo número do hospital, a mesma voz.

— Senhora Alice, precisa voltar ao hospital.
— Ainda estou aqui na recepção da UTI.
— O neurocirurgião vai aí conversar com a senhora.

O mesmo médico alto em pijama cirúrgico azul. Mesmo cansaço. Mesmos olhos de pena. Mesmo aperto na mão de consolo.

— Dona Alice, ainda aqui…
— Pois é.
— Lamento. O quadro do seu filho se agravou. Ele teve uma parada. Conseguimos reanimá-lo, mas, infelizmente, constatamos nos exames morte cerebral.
— Morte cerebral? Meu menino?
— Sim.
— Alguma chance, doutor, de reversão?
— Não. Infelizmente nenhuma.

Alice fechou os olhos com força, tentando apagar tudo, se apagar. Encolher.

— Sei que é difícil falar nisso agora, mas o tempo curto me obriga. Pense em doação de órgãos. Salvaria muitas vidas.
— Doação? Não! Não!
— Tudo bem. Apenas pense. Uma vida que não será desperdiçada. Seu filho pode salvar outras vidas. Pense.
— Vou pensar.
— Se quiser pode se despedir do seu filho. A irmã também pode ir. Vou autorizar uma visita. Meus sentimentos.

Alice permaneceu apática, sentada ao lado do leito, olhando. A filha soluçava baixinho ao seu lado. Seu filho estava morto. Era a verdade. A realidade. Um desperdício de vida. Restava o bater do coração, mas não ia durar muito. Um coração funcionando sem cérebro não conta. Para. Paralisa. Silencia. Morre.

Queria se levantar e sair. Esquecer. Mas prometera... Ficaria ali junto com o filho até ele sair. Mesmo morto. Prometera ao filho nunca o deixar. Ficaria ali sentada e em silêncio, até que o coração dele também silenciasse.

A luz do novo dia atravessou as vidraças das pequenas janelas da UTI. Um raio tocou a face do rapaz, como um toque morno de vida sobre uma vida que se desprendia... ia... escoava.

Alice se levantou da cadeira. Andou calmamente até o balcão, onde, insone, o neurocirurgião fazia as suas últimas anotações.

— Doutor, eu vou autorizar a doação de órgãos.

Chinelos Azuis

Calço os meus chinelos azuis. Foi Candice que me deu no último aniversário. Eles são confortáveis, macios e esquentam os meus pés. Já não posso calçar qualquer coisa. Pés de velho. Juntas duras, pele fina, calos, unhas frágeis. Artrose. Foi-se o tempo em que usava salto alto.

Candice sempre me dá os melhores. A cada aniversário, um diferente. Com lacinhos, fitas ou pedrinhas brilhantes, mas sempre macios. Ela sempre vem me ver no meu aniversário. Todo ano. Nunca faltou. Nos outros dias, não. Não tem tempo, pois trabalha.

Levanto-me da cama e vou até o guarda-roupa. Meus tesouros estão guardados lá. Abro a porta. Vários pares de chinelos enfileirados, equidistantes, alinhados. Todos arrumados pelo ano do aniversário, em ordem crescente de ano. Assim me lembro melhor. Toco, com a ponta do indicador, um de veludo rosa. Gosto deste. Macio, como um beijo. Outro com pluma amarela. Lembra-me um raio de sol. Na prateleira de cima, atrás dos meus melhores vestidos usados a cada ano para esperar Candice, pego uma caixa decorada com miçangas. Candice fez na sexta série. Presente de Dia das Mães. Ela sempre foi talentosa.

Arrasto os meus chinelos azuis e me sento na minha poltrona. Ela também é macia e confortável. Gosto de ficar nela. Daqui admiro o jardim que a minha janela emoldura, passando as manhãs depois do banho de sol.

Abro a caixa. Lá dentro, mais tesouros. A minha aliança gravada com o nome do meu ex-marido. Deixou-me por uma dona mais nova, muitos anos atrás, e depois morreu. Uma corrente de ouro com um camafeu de madrepérola. Ele que me deu quando pari o quarto filho, primeiro varão. Lá dentro, ao abrir, encarou-me uma jovem feliz, sorridente. Eu há cinquenta anos. Outro tempo.

Pego uma das fotografias antigas, em preto e branco. Os meus dedos tortos pela vida, quase não conseguem segurá-la. A minha família inteira. Cinco filhos. Candice é a da direita, ao meu lado. Vestido bonito, sapatos e laços combinando. Já tinha quinze anos. Parecida demais comigo. Do lado, o pai e as outras duas. Sentados no chão, os dois mais novos. Os meninos. Candice vejo sempre, uma vez ao ano. Os outros? Perdi para a vida. Não sei onde, quando... não sei.

Olho para fora, pela janela. Sentados nos bancos colocados embaixo das árvores, os meus colegas de morada. Alguns tomando sol, outros passeando apoiados nos seus companheiros de caminhada. Usam cadeiras de rodas, andadores, bengalas ou não.

Pego o calendário dentro da caixa. Folheio. Muitas imagens de árvores em floração, uma diferente a cada mês. Candice me deu. Conto os meses e os dias. Faltam cinco meses e dez dias para o meu aniversário. Candice vem me ver. Ganharei outro chinelo bonito. Enquanto isso, antes de colocá-los na prateleira do guarda-roupa, sigo calçando os meus chinelos azuis!

Gaia

Ela brotou da terra em esplendor. Materializada em mulher deusa. Vestida em manto de trepadeiras, cabelos de sete ventos, pés descalços em conexão com o imaterial e atemporal. Era ela, Gaia. Acordada do seu sono eterno pelos gemidos e desalentos dos vivos e das almas que a habitavam.

Presa que estava antes, viva só na mente fértil dos poetas e trovadores, precisou se mover do seu estado de fóssil para o estado de movimento. Precisou se mover para salvar, restaurar, reviver e reconstruir tudo que foi abaixo pelos seus filhos ímpios. Pois, por séculos, ouviu a crepitação do fogo que consumiu toda a floresta, a mesma que deu vida no início dos tempos. O rouco e incômodo som da motosserra, seguido pelo barulho surdo da árvore, sua filha centenária, espatifando-se ao chão. Morta. Abatida. Desgraçada. Ouviu, também, o murmurar dos rios, das águas. Mares diminuírem e secarem. Pútridos. Oleosos. Fétidos. Invadidos pelo progresso. O céu, tampouco, escapou. Cadê o grito agudo, reverberante, pulsado e límpido da gaivota, do quero-quero, do bem-te-vi? Aprisionado pelo bicho homem. Encurralado. Sufocado.

Pois, sim, chegou a hora do retorno ao ancestral. Primordial. Inicial. Estava decidida agora. Dormira demais. Tempo demais. Deixou escorrer areia na ampulheta por milênios e observou, como uma coruja buraqueira escondida na toca, de olhos abertos e vigilantes, mas não atuantes. Acuada no escuro da terra. Agora ascendera à superfície, como luz, ar, água, fogo, terra.

Gaia deu um passo e milhares depois. Correu os campos, fez a circunferência inteira do planeta azul, olhando, assombrada, o que uma civilização de gafanhotos produziu no afã de consumo e glória.

Uma terra devastada. Seca. Rachada e desafinada. Silenciosa e morta. Corpos pútridos recheados com vermes se espalhavam, onde antes tinha vida. Esqueletos esquecidos. Árvores chamuscadas. Cinzas. Nada do farfalhar de folhas ou cheiro de frutos, ou água. Só a terra seca. Sem árvores. Apenas o nada. Nem mesmo eles, os gafanhotos, eram vistos. Pereceram também. Vítimas da fome, da sede, da dor, da ganância, da soberba, da superioridade da raça.

A deusa chorou. Riachos fluíram dos seus olhos. E a terra se encheu de rios, lagos, oceanos. Da água nasceu a vida.

A deusa abriu os braços, ventilou, levantou o pó. Redemoinhos formaram montes e montanhas. Vales e depressões. Pedras rolando e se acomodando.

A deusa bateu os pés e brotaram coisas verdes. Elevaram-se árvores, caules, folhas, gramínea. Explodiu o verde por toda parte.

A Deusa soprou um bafo quente e pulularam pequenos animais, grandes feras, lagartixas e sapos. O céu se encheu de vidas voadoras.

A Deusa retirou o seu coração. Um líquido vermelho, pegajoso e viscoso escorreu, misturou-se com a terra, e da massa disforme brotou a nova humanidade.

A madrasta adormecida

Madrasta. Que triste! Maristela nunca imaginaria que seria uma. Conheceu o Adolfo em uma gafieira. Dançou a noite toda com ele. O homem era um deus da gafieira. Um mulato bonito, emproado, vestido com terno de linho e chapéu Panamá. Fazia uma figura destacada. A mulherada sempre espichava um olho para ele. E Maristela também. Não sei o que deu nele que essa noite se enrabichou com Maristela. Ela que não reclamaria da sua sorte. A dança levou ao beijo, que levou a uns amassos, sexo, namoro rápido e casamento. Só que o Adolfo era um pacote completo: ele, filha adolescente e ex-mulher problemática.

Ela foi morar em uma casa espaçosa, simples, mas confortável, em uma bairro decente. Mas a sua enteada morava lá. Uma adolescente acostumada a ter todos os seus desejos atendidos por um pai culpado pelo divórcio. Além disso, tinha uma mãe doidivana, que se preocupava mais com o silicone dos peitos e a lipoaspiração do culote do que com a filha. Imagina a felicidade da menina em ter que dividir o papai com outra mulher!

Os atritos começaram na primeira semana de casamento. A menina queria que a madrasta fosse a sua escrava.

— Adriana, você precisa colaborar! Essa casa dá um trabalho danado para limpar. Não temos empregada. Por favor, arruma a bagunça do seu quarto! E que tal lavar os pratos de vez em quando?

— Eu, hein! Nunca fiz isso! Te vira!

— Eu vou ter que falar com o seu pai!

— Pode falar à vontade! Ele não vai te apoiar! Bruxa!

— Como é, pirralha? Me respeita! Vá logo arrumar o seu quarto!

A garota saiu pisando duro e se trancou no quarto. Apareceu apenas quando ouviu a voz do pai, que voltava do trabalho! Chegou perto dele aos prantos.

— O que aconteceu, meu bem?

— Tô toda dolorida, paizinho!

— Você está doente?

— Acho que não! Só cansada!

— Cansada? Por quê?

— Ah, papai, tive que arrumar a casa toda! Varri, passei pano, espanei! Veja como está tudo brilhando! O meu quarto, então, um trabalhão!

— Mas como? Fez tudo sozinha? E a Maristela?

— Pobrezinha da madrasta! Disse que está com uma enxaqueca horrível e não pôde me ajudar!

— Enxaqueca? Como assim, se a vi agora mesmo e parecia bem?

—Vai ver ela melhorou! Vou descansar no meu quarto, papai! — disse a garota e beijou o rosto do pai.

Entrou no seu quarto, disfarçando um sorriso cínico. De lá, ouviu os berros do pai!

— MARISTELA!

— Oi, amor! O que foi?

— Que história é essa de você fazer a minha filha de escrava?

— Eu? Eu não fiz nada disso! Ela não me ajudou em nada!

— Como não fez? Ela me contou que limpou tudo enquanto você descansava com enxaqueca! Nunca vi você ter enxaqueca!

— Mentira daquela menina! Eu que limpei a casa toda, cozinhei, lavei roupa, enquanto ela vadiava!

— Você está chamando a minha filha de mentirosa, mulher?! Ela nunca mentiu na vida! Eu não aceito, entendeu?! E não quero nunca mais que a explore! Ponto final!

Essas encrencas se repetiam continuamente, variando apenas a mentira que Adriana inventava. Um dia era que cozinhou a manhã toda, em outro que lavou um tanque de roupa e até que carregou baldes de água na cabeça! O pai sempre acreditava na filha, pois nunca tivera problemas com ela antes.

A última confusão que rolou foi com as roupas de Maristela. As blusas e os vestidos da madrasta começaram a sumir do guarda-roupa e ela não entendia onde iam parar. Queixou-se com o marido, que disse que ela era bagunceira e não sabia onde guardava nada. A mulher revirou tudo. Olhou na lavanderia, no balde de roupa suja, no de passar, dentro da máquina de lavar roupa! E nada. Resolveu tirar tudo do seu guarda-roupa e arrumá-lo de cima a baixo! Quem sabe estivessem perdidas no meio das outras peças? Mas nada!

Não queria imaginar que a sua enteada endiabrada pudesse ter algo a ver com isso, mas a ideia ficou martelando a sua cabeça até que decidiu vasculhar o quarto da garota! Tomara que estivesse errada! À primeira vista, não encontrou, mas ao afastar umas caixas de uma prateleira do guarda-roupa da menina, encontrou as suas roupas em farrapos, cortadas em tiras.

— Puta que pariu! Não acredito nisso!

Pegou uma tesoura que estava largada na penteadeira, jogou todas as roupas da garota no chão do quarto, retalhou milimetricamente várias peças, puxando em bandas, com uma fúria nascida das várias humilhações e discussões que sofrera com o marido, todas causadas pelas mentiras daquela pequena víbora!

A casa caiu quando Adolfo entrou naquela noite. As duas, esposa e filha, estavam engalfinhadas no chão do quarto, emboladas em restos de roupas rasgadas.

— Parem! O que está acontecendo aqui! Estão loucas?! — gritou Adolfo, separando as duas com dificuldade.

— Foi essa bruxa malvada! Aprendiz de madrasta da Branca de Neve, pai! Ela cortou todas as minhas roupas! Bruxa!

— Foi ela que começou! Pergunta a ela que farrapos são esses escondidos no guarda-roupa! Minhas roupas novas! Ela rasgou todas!

— Pelo amor de Deus! Vocês estão destruindo as coisas uma da outra?! Que absurdo é esse! Maristela, você é a adulta aqui! Não pode fazer essas besteiras! Mesmo que ela esteja errada, você tem que repreendê-la, não fazer igual!

— Isso, pai!

— Você está defendendo ela? Está contra mim?! Eu nem acredito! Sua filha é uma pirralha mimada e mal-educada!

— Chega, Maristela! Depois resolvemos isso! E você, Adriana, está de castigo no quarto por um mês!

Maristela entendia agora como se sentiam as madrastas da Branca de Neve e da Cinderela! A vontade que tinha era dar para aquela pequena cínica uma maçã envenenada, ou trancá-la em uma torre alta, ou então deixá-la picar o dedo em uma roca de fiar e dormir por cem anos, e talvez arrancar-lhe o coração. Mas, infelizmente, não fez nada disso. Acalmou-se. Resolveu vencê-la em seu próprio jogo: *na dissimulação*!

Os dias se passaram e a casa ficou calma, como os dias que antecedem uma tempestade. A madrasta evitou a companhia da outra, observando-a de longe para achar uma falha que pudesse usar contra a inimiga. A garota mantinha a sua rotina de escola, quarto, celular e internet. Nada demais.

Por incrível que pareça, uma festa precipitou a tempestade.

— Paizinho! Tenho um pedido a te fazer!

— Não tenho dinheiro!

— Não é isso! Queria te pedir para me deixar ir à festa de quinze anos da Lu!

— Que Lu?

— A minha amiga lá da escola. O senhor conhece ela! Aquela lourinha de aparelho!

— Sim. Sei quem é! E onde vai ser esse tal de aniversário?

— Na casa dela. Deixa, pai! Minha turma toda vai.

— E vai ter adulto supervisionando essa garotada toda?

— Claro, pai! Os pais dela estarão lá!

— Se eu deixar, quem vai te levar?

— Eba! Você vai deixar?

— Calma! Eu disse *se*! Vai depender da ida e da volta.

— Certo. O Marquinhos vai me dar uma carona.

— Quem é esse? É de confiança? Ele bebe?

— Você conhece! Mora ali no fim da rua! Filho do seu Bentinho e da dona Carlota.

— E aquele menino tem idade para dirigir?

— Ele é maior e tem carteira.

— Tá bom. Vou deixar se ele vier aqui para conversar comigo.

— Mas, pai, que mico!

— Não tem mico, nem macaco! Se quiser ir, ele tem que vir aqui.

— Tá bom! Saco!

Maristela ouviu tudo escondida no vão da cozinha.

— Adolfo, querido! Não queria me meter na vida da sua filha... mas eu ouvi a conversa. Desculpa. Se eu fosse você, teria cuidado em deixar ela sair com esse Marquinhos!

— Por que diz isso?

— Dizem na vizinhança que o rapaz é problemático! Metido em coisas!

— Como assim? Que tipo de coisas?

— Drogas! Dizem que, além de usar, trafica!

— Um traficante? Sério? Meu Deus, não posso deixar a minha garotinha ir a essa festa com um maconheiro!

— Também acho! Se eu fosse você, proibia ela de ir para a festa. Vai que se encontram por lá! E se o resto da turma usar também? Vai saber! Sempre achei aquela tal de Lu meio assanhada.

— Tem razão! Vou proibi-la de ir pra essa festa.

— Melhor! Mas ainda me preocupa ela por aí pela rua e na escola, se encontrando com o rapaz às escondidas! Podem até estar namorando!

— Namorando? Mas ela só tem quatorze anos!

— Pois é! Esses jovens são desmiolados!

— Meu Deus! Será? Mas não tenho como trancá-la no quarto para sempre! Ela pode se encontrar por aí com ele e quem sabe já está até usando!

— Verdade! Bem lembrado!

— E agora?

— Não queria sugerir isso, porque sei que você vai sentir muita saudade dela, eu também, mas é para o bem da nossa pequena. Você devia mandar ela passar uma temporada com a mãe. É outra cidade e aí esfriaria o namoro. Logo ela poderia voltar e já estaria tudo esquecido. O que acha?

— Nem pensar! A mãe é uma completa irresponsável!

— É verdade! Tinha esquecido que não se pode confiar naquela mulher. E um outro parente seu, não sei?

— Só se for a minha tia-avó Berenice. Ela é meio rígida, mas, talvez, uma temporada com uma mulher devota possa colocar um pouco de juízo naquela cabecinha!

— Concordo! Onde mora essa santa?

— Fica um pouco longe. Umas oito horas de viagem numa cidadezinha no meio do nada.

— Muito melhor. Assim o rapaz não vai atrás. Além disso, não há de ter droga por lá, não é?

— Tem razão! Tá decidido! A Adriana parte na próxima semana pra lá!

— Ótimo! — falou Maristela, exultante.

Adriana foi despachada, não para uma prisão em uma torre alta, mas para a casa da tia-avó Berenice, o que dava quase no mesmo.

Depois disso tudo, Maristela não queria acreditar que fosse como as vilãs dos contos de fadas, mas, por causa da sua enteada, descobriu que era uma madrasta adormecida!

Dia de faxina

O sábado era dia da faxina e pronto! Sara não era nem remotamente uma pessoa organizada, mas se forçava a manter tudo em ordem na casa para evitar os longos discursos de admoestação da sua mãe. Como nunca sabia quando ela pintaria por lá, garantia-se fazendo a faxina semanal todo sábado. A tarefa incluía a limpeza completa das teias de aranha do teto, lavar o chão, aspirar os estofados e, claro, fuçar e organizar os armários. O único lugar que a preguiça a impedia de arrumar era o quartinho dos fundos, ou, para os mais íntimos, o *quarto da bagunça*. Não se preocupava muito com ele, pois, desde a morte do marido, a sua mãe evitava entrar lá, como um pecador de entrar na igreja. Ela sempre dizia que ali morava a saudade! Justiça seja feita, ela tinha razão! Dezenas de caixas, baús e malas socadas de documentos, fotos, roupas e sabe-se lá Deus o quê, permaneciam ali esquecidas por toda a família.

Mas, para o eterno azar de Sara, a mãe a avisara que precisaria entrar no quarto nefasto! Tinha que achar um maldito documento, perdido há décadas com certeza, dentro de uma daquelas caixas. Oh, Deus! Por que ela invocou com isso logo esta semana? Sara tivera uma semana de cão com o chefe pegando no seu pé e cobrando prazos, só porque ela estava atrasada no novo projeto de restauração do museu! *Uma arquiteta não pode atrasar só um pouquinho?*, pensava Sara em autocomiseração.

Subindo os poucos degraus que separavam a área de serviço do quarto da bagunça, ela abriu a porta e o que viu lhe deu vontade de chorar. Um sem-fim de tralhas se acumulavam naquele espaço abafado. Teias de aranhas pendiam do teto e se espalhavam por cima de tudo, as paredes, antes brancas, agora exibiam um tom bege esquisito. O chão nem se fala da cor! Aquilo seria um trabalho hercúleo, mas Sara não era mulher de desistir.

Começou afastando os móveis velhos para os lados, limpando-os e organizando-os o melhor possível. Partiu para as caixas e os baús empilhados no fundo do cômodo, arrastando-os para fora e quase caindo várias vezes escada abaixo com o peso das tralhas! Espanou o teto, limpou o chão o melhor que pôde, pois a sujeira estava entranhada depois de tanto tempo. Agora tinha que organizar as malditas caixas! Senhor! Ela só acabaria com aquilo quando chegasse à terceira idade!

Sentada no chão da área de serviço, abriu caixa por caixa. Empilhou documentos, dobrou roupas e limpou livros e brinquedos antigos. Nada daquilo a interessou muito, eram apenas coisas velhas, mas ao abrir a última caixa, Sara exultou! Um tesouro inestimável estava guardado ali! Fotografias!

Desde pequena, Sara era apaixonada por fotos antigas! Empolgada, começou a tirá-las, limpá-las, observá-las, admirá-las. No fundo da caixa, encontrou um álbum, que parecia mais antigo. A sua capa, antes forrada em um veludo vermelho, agora estava esmaecido e surrado, com pequenos furos causados por traças, e algumas das páginas estavam soltas. A cada página que virava, Sara se encantava com as fotos amareladas mostrando parentes que não conheceu e jamais conheceria, pois já estavam em outro plano. Parou por minutos encarando um fotografia em particular, que a tocou pela singeleza.

Enquanto olhava aquela foto antiga, Sara admirava a beleza das pessoas retratadas ali. Uma jovem mulher em trajes da década de 1960, com o cabelo arrumado à moda da época, sentada com um meio sorriso no rosto. Ao seu lado, uma senhora bonita, que pela aparência era mãe da moça, sorrindo para um bebê pequeno que assentava no seu colo.

Sara se perguntava o que se passava na mente delas. Será que a jovem sorria para o marido, que do outro lado da câmara admirava, feliz, a sua querida família? Será que se lembrava de algo engraçado? Ou talvez previsse um futuro maravilhoso? E a senhora? Estava admirando o lindo bebê pensando em como ele se parecia com os seus filhos quando estavam na mesma terna idade? Sabe-se lá! O bebê provavelmente pensava na próxima mamada, ou talvez no beijo doce da sua querida mamãe! Ou ainda naquele brinquedo barulhento e colorido que a sua avó lhe dera! Ou nas três coisas! Talvez!

Sara não sabia as respostas daquelas perguntas, mas passava horas imaginando essas coisas meio loucas! E a toda foto olhada, naquele álbum antigo, novas perguntas surgiam, e para ela não importava como respondê-las, mas apenas sonhar com as pessoas!

Ouviu um clique na porta da frente! A sua mãe chegou! Deus! Ficou ali sonhando e não acabou de arrumar o quarto da bagunça! Mal o pensamento se formou na cabeça da jovem e uma exclamação de choque se fez ouvir da entrada da área de serviço.

— Porra, Sara! Que merda de bagunça é essa?!

— Droga!

Sara sabia que estava encrencada. A sua mãe sempre teve boca suja, mas quando se irritava o caso ficava sério.

— É essa a sua explicação para esse brega que estou vendo? Puta merda!

— Claro que não, mãe! Estou arrumando o quarto da bagun... dos fundos e tem muita tralha e tal. Aí fiz essa merda!

— E por que será que esse quarto... que fotos são essas? Meus Deus! Você encontrou o álbum da mamãe. Ah, que lindo! Vovó, mamãe, e esse lindo bebê sou eu.

— Essa é você? Tão fofinha!

— E aqui! Puta que pariu! A família toda! Eu, seu tio Arnaldo, Mariana, mamãe. Olha o vestido da bisa!

A velha senhora se sentou no chão ao lado da filha e, apesar dos seus 78 anos de idade, acomodou-se confortavelmente em posição de lótus. Esqueceu-se do documento. Olhou foto por foto. Contou histórias da família. Nem se importou com a bagunça da filha. A faxina foi esquecida. Afinal, sempre teria o próximo sábado!

Corretor maldito

Lívia pegou o celular e, aproveitando que a casa estava silenciosa, enviou uma mensagem para o grupo do trabalho. Precisava resolver logo o problema do carro. Com certeza, alguém poderia ajudá-la.

Meninos, vou precisar comprar pneus para o meu carro. Compro onde?

Esperou alguns minutos e, como não surgiu nenhuma resposta, silenciou o celular e foi tirar o seu cochilo sagrado de sábado à tarde. Os pneus do carro não iam a lugar nenhum mesmo, podiam esperá-la acordar. Além do mais, só poderia trocá-los na segunda-feira.

No fim da tarde, linda e descansada, Lívia pegou o celular e assustou-se: tinha dezenas de mensagens. Todas do grupo do trabalho. Estranhou. Perguntou-se o que aconteceu de tão grave para tantas mensagens em tão pouco tempo. Seus olhos se arregalaram ao começar a lê-las.

Pedro: *Tem uma loja de sex shop naquele shopping do restaurante do bacalhau, no Rio Vermelho. Deve estar aberto na pandemia. Boa sorte para o seu carro!*

Marcos: *Hã????*

Marcela: *Amiga, tem vários sex shops na internet. Delivery.*

Pedro: *É perigoso, Livinha. O porteiro vai gritar: Dona Lívia, o homem do sex shop chegou! Melhor não.*

Marcela: *Dá medo não, amiga! Vem tudo embaladinho, como uma encomenda normal!*

Pedro: *Hiiiii! Tá sabendo demais do assunto, hein, Marcela? Anda comprando uns amiguinhos?*

Marcela: *Se compreenda, rapaz!*

Assustada, Lívia releu a sua mensagem que enviou mais cedo:

Meninos, vou precisar comprar pênis para o meu carro. Compro onde?

Soltou uma gargalhada e respondeu no grupo:

Corretor maldito! Pneus! A pessoa escreve... vai dormir... e quando acorda, tá essa balbúrdia!

Sentada na varanda

Sentada na minha varanda, os meus olhos agora estão vagos. Com o passar dos anos, eles se tornaram cada vez mais vagos, pois tudo que enxergo com interesse é o que guardo dentro de mim. Mais de cem anos de vida causam isso na pessoa, rever o passado e olhar o presente com desinteresse. Sento-me aqui todos os dias e olho o movimento da rua. As pessoas passando, me cumprimentando. Vejo a agitação no dia da feira, relembrando o meu caso de amor. Apesar do tempo passado, parece que acabou de acontecer.

Nessa linda manhã, a sensação dos raios de sol que me aquecem trazem à cabeça vários retalhos da minha vida! Pedaços desconexos de outro tempo, formado pelas várias vidas que tocaram a minha. Meus pais e irmãos, meus amigos de infância, meus professores, meus vizinhos. Todos já se foram! Mas, principalmente, meu grande amor há muito se foi. Que delícia poder recordar o meu amado marido! Tão garboso! Izaias, que saudade!

A primeira vez que pus os olhos nele me apaixonei. Era um baixinho muito vistoso! Tinha só um bocadinho mais de altura do que eu. Cabelos negros penteados para trás, nem gordo, nem magro, e um bigode fino, bem aparado, em cima dos lábios. Já eu era novinha e não era de se jogar fora. Corpo bonito, cabelo bem preto e liso, pele morena, tal como uma índia.

Eu morava na roça, em um povoado de Inhabupe, chamado Ribeiro, e ele na mesma vizinhança. Vivia me rondando, me olhando. Por ser amigo do meu irmão, Porfírio, e por eles tocarem violão juntos, sempre aparecia lá em casa com a desculpa de tocar, mas na verdade ia me cortejar. Ficou interessado em mim, mas escondido do meu pai, pois naquele tempo os pais eram *carrancosos*. Eu, claro, me fingia de morta. Olhava de esguelha sempre que podia e o admirava. No meu tempo, *moça direita* não podia paquerar rapaz. Só o que me restava era rezar para Santo Antônio e pedir um empurrãozinho para o namoro engatar. Não é que deu certo? Oh, Santo danado!

Um dia, quando eu menos esperava, Izaias tomou coragem. Foi lá em casa e pediu a minha mão em namoro para senhor Manoel Francisco e Dona Virgínia, os meus pais. E olha que papai não era moleza, não! Protegia com afinco a honra das filhas! Como todo pai da época. Precisava ver a cara feia que fazia quando alguém falava no assunto *namoro*. Mas, graças a Deus, tudo deu certo. Que dia feliz! Meu pai deixou e então começamos a namorar.

O namoro, já sabe, muito sem graça. É isso mesmo... sem graça! Tudo era proibido: não podia pegar na mão, nem beijar e nem abraçar. Ele ia lá em casa palestrar com o meu pai e minha mãe, e eu lá à parte, feito uma tonta! Olhando com vontade de beijar, mas não podia! Moça de família não podia nada. O que nos restava era trocar olhares acalorados, conversar *mole*, trocar bilhetinhos e segurar na mão quando íamos à missa ou à novena. Poucas vezes estávamos às sós, mas nesses momentos ele sempre dizia: *Lili, você é o meu amor!* E os meus olhos se enchiam de lágrimas. E agora se enchem de novo ao relembrar. Mas não são de tristeza. Não. São de saudades, de emoção. Também de felicidade por ter amado e por ter sido amada.

O casamento foi logo, pois, naquele tempo, os namoros eram curtos. Nem me lembro se cheguei a noivar. Eu tinha dezoito anos e Izaias tinha vinte. Demos o primeiro beijo depois de casados e foi muito bom! Ele era bom demais! Era quente! Izaias foi um marido maravilhoso! Bom marido, bom pai, bom amigo, bom genro. Moramos por um tempo lá no Ribeiro mesmo, mas logo nos mudamos para a cidade. Izaias entrou no ramo do comércio, montando um armazém e uma padaria. Construímos uma bela casa na Rua da Manga. Eu não lembro como se chama hoje, pois mudou de nome. A casa era espaçosa e arejada, para que pudesse abrigar uma grande família. Logo engravidei. Tivemos três filhas e ficamos casados por sessenta e dois anos. Mesmo agora, após vinte e dois anos da sua morte, ainda sinto saudades do seu amor.

Uma boa lembrança da época de casada é a canção que ele entoava para mim. Ele fazia serenatas de madrugada na minha janela, tocava o violão e cantava:

Às quatro da madrugada, às cinco e meia da manhã serena. Passo eu com meu violão na porta da minha pequena. Acorda, vem ver quem é, sou eu, seu moreninho. Acorda, vem dar um beijinho. Sou eu que te amo com todo carinho!

Eu chegava à janela, vestida de camisola, colocava só a cabeça de fora e sorria. Mandava beijinho e ele cantava mais alto.

Eu me derretia toda! Qual a mulher casada que não se apaixona por um homem assim? Imagine! Marido fazendo serenata! Bons tempos que se foram!

Pois é. Sentada na varanda eu vi o tempo passar, vi as crianças crescerem e os mais velhos irem. Vi amores e desamores, ódios e rancores, paixões e amizades, vi um *sem número* de emoções. Nada me é estranho. Perdi o meu primeiro amor — o meu marido —, mas herdei dele os meus outros grandes amores: a minha família. Aqui, sentada na varanda, eu vi várias gerações nascerem, crescerem e, por fim, partirem. Tive filhos, netos, bisnetos, tataranetos. A todos eu amo com todo o coração. Vivo por muitos anos. Para ser mais exata, cento e dois. Tive muitos dias felizes. Espero que esses dias de felicidade se multipliquem, mas se por acaso o fim chegar, também partirei feliz. Enfim, o meu grande amor eu vou reencontrar.

Falando em reencontro, daqui da varanda quem vejo chegar? Minha neta Helena, que, como sempre, veio me visitar. Ah! Menina de ouro! Que bom que ela chegou. Agora ela também vai se sentar na varanda e nós duas vamos fofocar. Vou contar a ela tudo que relembrei, pois sei que se encantará!

— Helena! Não sabe... lembrei de tantas coisas! Senta aqui, que vou te contar.

A amante

A casa era grande. O carro era importado. A lancha era potente. A escola dos filhos, chique. As roupas da moda. O trabalho importante. Então, por que ele não se sentia feliz? Pensava há algum tempo em fazer terapia! Quem sabe assim sentiria satisfação? Tentou diversas vezes conversar com Érica, mas ela nunca o ouvia. Estava por demais ocupada com os chás de caridade. As festas do século. O casamento da filha daquele político importante. Ele faria mais uma tentativa hoje. Quem sabe conseguiria um pouco de atenção? Precisava que Érica se movesse, mudasse ou saísse, porque do jeito que estava o casamento afundaria.

— Érica?

— Oi! Estou no quarto!

— Oi! Preciso falar com você!

— Agora? Não vai dar! Estou atrasada para a drenagem linfática!

— Tem que ser agora!

— Nossa! Volto daqui a pouco e falamos! Não dá para esperar umas horas? Que pressa!

— Já esperei demais para termos essa conversa. Desmarca a drenagem!

— Droga! Você sabe como é difícil conseguir um horário com essa massoterapeuta? É a queridinha dos famosos! Se eu não for hoje, só consigo horário para o próximo mês!

— Não quero nem saber! Desmarca!

— Tá bom, tá bom!

Érica pegou o celular na bolsa e fez uma ligação.

— Pronto, Henrique! Sou todo ouvidos! Que assunto *tão importante* é esse que não podia esperar?

Henrique caminha de lá para cá em frente ao sofá em que a esposa se sentava. Seus pensamentos estavam caóticos. Nem ele entedia bem o que sentia. Não sabia o que falar.

— Fala, criatura! Não queria tanto falar?! Fica agora calado, andando parecendo uma fera na jaula! Desembucha!

— Eu estou infeliz! Insatisfeito! Sei lá! Não estou bem!

— O quê? Infeliz? Como assim?

— Infeliz! Inquieto!

— Henrique, como você está infeliz? Você tem tudo que precisa e mais! Você é o vice-presidente da Albuquerque & Machado! Seu carro é uma Mercedes! Sua lancha é o último lançamento! Tem milhões em patrimônio! Nossa casa é maravilhosa!

— Não é isso! É algo que falta aqui dentro! — disse ele, colocando a mão aberta no peito!

— O que te falta? Não entendo.

— Me sinto só! Solitário! Sei lá! Não sei explicar!

— Solitário? Tem dezenas de amigos importantes! Tem a mim! Tem os seus filhos!

— Amigos, não! Parceiros de negócios! Você? Nossos filhos? Nem vejo vocês! Só sentamos, comemos e dormimos na mesma casa!

— Como assim? Somos felizes juntos! Nós somos considerados o casal vinte por todos! Até na revista já saímos! Nosso casamento é maravilhoso!

— Sério? Pode até ser para você, mas para mim deixou de ser há muito tempo!

— Como é?! Que conversa é essa, Henrique? Não estou gostando do seu tom!

— Que tom, Érica? O da verdade?

— Que verdade? Você está tendo um caso, Henrique? Esse papinho de infeliz no casamento é coisa de marido com rabo de saia!

— Meu Deus! Você ouviu o que eu falei? ESTOU INFELIZ!

— Henrique, essa conversa já deu! Se for um casinho, termina. Eu te perdoo! Agora vou fazer um pouco de sauna! — Ela se levantou e deu alguns passos em direção à porta.

— Quero me separar!

— O quê? — Érica parou e virou abruptamente.

— Isso mesmo! Divórcio!

— Henrique, você bebeu? Não está falando coisa com coisa! Como assim, *separar*? Já não disse que te perdoo? Está tudo bem! Pronto! Estamos felizes!

— Ah, Deus! Desisto! Tchau!

— Tchau mesmo! Vai esfriar a cabeça na piscina. Você vai ver, essa loucura vai passar. E eu? Vou fingir que nem ouvi nada!

Dias se passaram e aquele vazio só crescia dentro de Henrique. Continuou a sua vida normalmente. Trabalho, casa, festas!

Noite passada, noivado de ator famoso! Hoje casamento da filha do deputado! Em uma ilha!

Sei lá quem é Emile! Nunca vi antes! E o noivo? Um tal de Bernardo Antônio! Que merda eu estou fazendo aqui? Coisas da Érica!, pensou Henrique.

— Henrique, desamarra a cara! — falou Érica por entre os dentes, com um sorriso posto no rosto.

— Minha cara é assim!

— Droga, homem! Todo mundo está olhando! Vão pensar que estamos brigando!

— Érica! Não provoca! Trabalhei o dia todo, dirigi uma hora até o cais, viajei mais uma na lancha, só para assistir esse circo da filha do deputado! Bebida ruim! Comida péssima! Funk! Novo rico! Roupas bregas! Pelo amor de Deus! Não enche!

— Shhh!! Fala baixo! Quer fazer um escândalo?! Olha a nossa reputação!

— Tô me lixando! Deu! Vamos embora!

— Tá louco?! Não podemos sair assim! Não vou!

— Não vai? Então, até logo! Se quiser ficar, pode ficar para sempre! Nem volta mais para casa! Melhor!

— Henrique! Espera!

Érica andou, apressada, atrás do marido, tentando se equilibrar nos saltos agulha. Entraram na lancha e o marinheiro logo manobrou para saírem! Henrique permaneceu em um silêncio hostil, com os braços cruzados e o sobrolho franzido.

— Henrique, o que é isso? Você nunca fez vexame em público! Está perdendo o juízo?

— Não! A paciência!

— Desde aquele dia em que você me contou do seu caso, da sua amante, você está estranho! Ainda está com aquela ideia estapafúrdia de divórcio?

— Que caso, mulher? Não tem caso nenhum!

— Eu entendo, Henrique! Todo homem importante atrai essas aventureiras. Eu entendo! Os homens são fracos e não resistem! Quem é? A secretária?

— Érica, já disse que não tenho ninguém! E a minha secretária é uma senhora de respeito!

— Já sei! É uma daquelas estagiárias novinhas da empresa! Encantadas com o grande CEO. Tudo bem! Você nunca resistiu a um par de peitos durinhos!

— Tá louca? Eu nunca faria uma coisa dessas! Assédio sexual? Nunca!

— Tá bom! Não interessa quem é a fulana! Mata a vontade de homem! Transa! Se diverte! Depois volta para casa! Eu vou me fazer de cega, tá bom? Contanto que você volte a ser o velho Henrique!

Henrique se calou. Melhor. Desceu da sua lancha. Entrou na Mercedes. Chegou na casa luxuosa e foi dormir. Amanhã preencheria o seu vazio: arranjaria uma amante!

Amiga pra cachorro!

Naquele primeiro dia de aula, todos nós estávamos excitadíssimos! Ir para a escola vestidos com as nossas fardas novas, lancheiras com os nossos desenhos favoritos e mochilas lindas era a sensação! Vinte crianças reunidas em uma sala de aula enfeitada com desenhos, murais e brinquedos. A maior balbúrdia!

A professora, tão calminha, bem que tentava controlar tanta energia, mas era difícil. Pedia com jeitinho para todos se sentarem. Fez rodinha no chão para contar estórias. Deu papel, lápis de cor e de cera para desenharmos. Cantou, deu beijinho em dodói e sorriu. Tudo em vão, pois não parávamos quietos!

Achou melhor nos levar para brincar no parquinho da escola. Fez uma fila, mãos no ombro do colega da frente. Mais confusão. Chororô para se sentar no balanço. *Sou eu! Não, sou eu!* Mordida no colega. Choro.

Eu preferi o escorrega, era mais divertido. Os meninos resolveram brincar na areia e uma chuva dela caiu em nós. Meu cabelo ficou um horror, cheio de grãos grudados nos fios. Minha mãe ficou uma fera. A professora correu lá e disse: *Não, não! Assim é feio!* E a chuva parou.

A ajudante dela lavou as nossas mãos, organizou os nossos lanches, brincou de cantiga de roda. Mas também não resolveu por muito tempo.

Da minha parte, não parava de tagarelar com os meus recém conhecidos colegas. Eram tantos! Gostei de quase todos. Tinha uma colega que era pirracenta, gostava de provocar todo mundo. Encrencava mais com uma menina bonita, com cabelos arrumados em cachos. Pobrezinha, chorava à toa! Eu a defendia! Não gostava de brincadeira de mau gosto, principalmente com quem gosta de chorar. Tinha outra que gostava de mandar, mas mandona ali não se criava. Ignorei.

Uma das meninas me encantou! Ela era muito legal mesmo! Alta, magra e com longos cabelos negros. Chamava bastante atenção na sala pelo seu tamanho. Era a mais alta! Perto de mim, então, que era baixinha e gordinha, fazia um imenso contraste! Mas, apesar das diferenças físicas, nós nos identificamos. Ficamos logo amigas inseparáveis, o que se mantém até hoje. No entanto, o mais interessante desse encontro foi a pergunta que me fez logo após eu me apresentar:

— Seu nome é de cachorro? — perguntou, estranhando o meu nome peculiar.

— Claro que não! Por acaso pareço um cachorro? — respondi com a graça de uma menina de cinco anos.

— Não! — respondeu ela e pôs-se a rir.

Eu, claro, comecei a rir também! Virou a nossa piada particular! A sala inteira também riu, mas tudo bem. É legal quando riem comigo e não de mim!

A árvore de Sofia

Roque encostou o cavador na cerca e tirou o chapéu, enxugando a testa com a manga da camisa. O dia estava quente, apesar de já ser inverno. A chuva e o frio logo chegariam e a terra deveria estar preparada. Olhou o seu trabalho daquela manhã, admirando o quanto conseguiu adiantar. Claro que há vinte anos teria cavado o dobro de covas, mas, apesar da boa estrutura corporal, com músculos ainda rijos, ele não era mais um garoto. Completou no último mês setenta e seis anos bem desfrutados. Permaneceu casado, por mais de cinquenta anos, com a mesma mulher e, ao perdê-la, quase morreu. Teve dois filhos, que cresceram e se casaram. E agora uma neta. Sua luz.

Contou o número de covas e de mudas. Vinte. Não era o ideal, mas quem estava contando? Aquelas teriam que ser suficientes. Acabaria de plantá-las até o fim do dia, e no próximo inverno, quem sabe, mais algumas.

Apanhou o carrinho de mão no depósito e o encheu com dezenas de mudas acondicionadas em sacos transparentes. A terra preta se sobressaía através do plástico e algumas raízes apareciam, já largas e fortes. Ele gostou do que viu. Raízes fortes eram importantes. Retirou uma muda do invólucro, sacudindo para retirar o excesso de terra, colocou-a no fundo da cova e depositou punhados de terra, apertando em volta do caule para fixá-la. Regou-a.

O som de um carro chamou a sua atenção. Apurou as vistas e, ao longe, viu o seu filho estacionar em frente à casa, aproveitando a sombra do velho pé de ipê. O pai dele que plantou há setenta anos. Uma porta bate, pezinhos ligeiros se aproximaram, acompanhados de um sorriso infantil.

— Vovô, vovô, vovô!
— Olá, mocinha. Cadê o abraço do vovô?
— Vovô, tá fazendo o quê?
— Plantando árvores.
— Que legal! Igual àquela amarela lá?
— Isso mesmo. Na verdade, são filhinhas dela.
— Mesmo?
— Mesmo. O vovô pegou as sementes dela e fez essas mudinhas aqui.
— São lindas, vovô. E elas vão ficar tão altas quanto a mãe delas?
— Vão sim. Mas vai demorar para crescer tanto.
— Que chato. Queria que crescessem logo.
— Calma, menina. Tudo ao seu tempo! Você sabia que foi o seu bisavô que plantou aquela árvore amarela? Eu tinha a sua idade.
— Nossa, vovô, então ela é muuuuuuuuuuuito velha!!!
— É verdade. Ela é muito velha. Tem setenta anos.

— Isso tudo? Mas aí eu vou ser muito velha, igual você, quando ela crescer aquele *tantão*.

— Vai ser velhinha. E eu nem estarei mais aqui.

— Que chato. Você vai ser uma estrelinha no céu, igual à vovó?

— Isso mesmo, igual à vovó.

— Então pra que ter todo esse trabalhão plantando as mudinhas, se você já vai ser estrela?

— Porque toda vez que você, seus filhos e seus netos olharem para as flores amarelas dessas árvores, lembrarão de mim. Isso se chama *legado*, mocinha. Você lembrará do vovô te abraçando, te dando beijinhos, fazendo cócegas na barriga, empinando pipas...

— Correndo atrás do cachorro, quando ele foge do banho, fazendo minhas panquecas com chocolate, contando história de piratas de pernas de pau e tapa-olho...

— Isso mesmo. Lembre-se: *legado*. Faça o mesmo, deixe um legado para o futuro.

— Como faço isso, vovô? Deixo um *legalido*?

— É *legado*! Pode fazê-lo de várias maneiras: amando a sua família, ajudando os outros, construindo coisas, plantando árvores. Que tal me ajudar com o meu legado e começar o seu, plantando essas mudinhas comigo?

— Oba, vovô. Posso?

— Pode. E daqui a setenta anos, quando essas árvores amarelas estiverem bem altas, vão dizer: *Sabe quem as plantou? Foi a Sofia e seu avô. E a mais alta de todas será a árvore de Sofia.*

Greve geral

Declaro greve geral. Hoje não vou limpar, lavar, passar, cozinhar, cerzir, arrumar, aconselhar, resolver, acalentar, enganar, me dobrar, me render. No escritório, não piso os pés. Mandei um recado para a secretária informando que fui pega por uma enxaqueca, daquelas holocranianas com enjoos, vômitos e mosquitos brilhantes voando na frente. Falei a ela que remarcasse tudo, até a reunião com um maioral das telecomunicações que estou cercando há meses, para captá-lo em um projeto conjunto. Rejeitei ligações de sócios, clientes, filhos e do cartão de crédito. Do ex-marido também, que com certeza só ia me encher o saco com reclamações, ou pedir, com voz chorosa, para voltar. Estava arrependido e nunca mais me trairia ou me trocaria por outra trinta anos mais nova do que eu. Radicalizei e desliguei o celular. Melhor. Não se pode fazer greve de vida e ficar conectada ao mundo pela internet. Pode ser que algo se intrometa na minha solidão autoimposta, fazendo-me mergulhar por horas nas redes sociais, fuçando a vida alheia ou mandando mensagens de texto resolvendo alguma pendência sentimental de um amigo virtual. Não, greve é greve. Vou ficar aqui na cama ouvindo a música dos pássaros lá fora, o farfalhar do vento, as engrenagens do tempo passando, segundo a segundo. Vou me reter sob o abraço quente do cobertor, onde só existe o silêncio. Aproveitar a maciez do colchão e do lençol cheirando a lavanda, afofar os travesseiros, quem sabe abraçá-los como a um parceiro amoroso, admirar a paisagem emoldurada pela minha janela, onde um azul singular me encarava lá de fora, nuvens formavam animais exóticos, aviões ou dragões alados. Resolvi girar a chave, apertar o botão de *stop*, fazer greve. Comportar-me tal qual uma cigarra, cantando e voando por aí, deixando o trabalho para uma formiga qualquer.

Vou parar o frenesi desenfreado da vida, cheio de obrigações com prazos apertados que devo cumprir sem pestanejar, ou ao menos respirar. Aquela loucura que me faz ocupar quase a totalidade do dia, da semana, do ano, da vida, com minúcias e detalhes repetitivos, mais focados na vida do outrem do que na minha. Que tempo me resta para o meu bel-prazer? Caminhar por aí sem rumo, olhando tal qual uma coruja, tudo e nada? Para receber uma drenagem linfática ou uma massagem relaxante? Ou passar a noite na balada, bebendo até me embriagar, e voltar para casa com um homem sexy para me aquecer a cama? Talvez eu apenas deite na rede da varanda e leia um livro grande e complexo, cheio de profundidade e de reviravoltas dantescas, de difícil entendimento, mas uma escolha minha para ocupar as horas vãs.

Aonde foi parar aquela mulher posta na vida, cheia de opinião, dona da verdade e radical nas posturas? Aquela mesma que sempre afirmou, em alto e bom som, que não aceitaria se dobrar a sociedade que impunha papéis fixos à fêmea da espécie, que nasceu para parir, limpar, cuidar e não pensar? Acho que enterraram ela viva em uma montanha de roupas sujas postas no cesto para lavar e passar, ou talvez atrás das panelas cheias de comida saborosa e quente. Quem sabe ela se perdeu ao atravessar o mar de mamadeiras, fraldas, cólicas noturnas, dentes nascendo, quedas com cortes que levam pontos no hospital, primeiro dia na escola com choro para não deixar a mamãe ir embora, atividades escolares para casa, boletins com notas vermelhas, espinhas na cara, primeira menstruação, namoradinho tatuado e com brinco na orelha, *não sei que roupa vou vestir para ir à festa, perdi a minha virgindade ontem com o Edu, preciso tomar pílula anticoncepcional, para que vou fazer vestibular, faculdade?, noivado, vou me casar!, estou grávida!,* e tudo começou de novo com um novo bebê.

Mas hoje dei tudo isso por encerrado. Estou decidida. Declarei greve geral e não tem quem me faça mudar de ideia. Penduro a rede e a espano com as mãos para tirar a poeira. Pego o livro grosso, *Ana Kariênina*, de Liev Tolstoi, cheiro e aliso a capa. Esplêndida. Abro o livro no capítulo um e leio: "Todas as famílias felizes são parecidas, cada família infeliz à sua maneira...". A sirene da porta soa, intrometendo-se na minha paz. Deposito o meu livro e os meus óculos de leitura na mesinha de canto da varanda. Abro a porta da frente e o cheiro de talco de bebê me inunda. Bracinhos gorduchos me abraçam. Parece que a greve geral acabou, fui vencida pelo advogado mais jovem do sindicato patronal.

Moça de família

— Moleque, chega aqui! O que foi? Teve uma briga lá na frente da quitanda, foi?

— Teve sim, dona.

— Eita, eu adoro uma briga. Conta aí. Daqui da janela não deu para eu ver direito.

— Posso não, dona. Tenho que vender as cocadas, senão a mãe me pega.

— Eu compro tudo, mas só depois que me contar como foi. Detalhes, eu quero detalhes!

— Tá bom, dona, eu conto. Mas só depois que me pagar.

— Ô, moleque, está duvidando de mim?

— Desculpa, dona, mas já levei muita rasteira dessa vida.

— Está bem. Já volto com os seus trocados.

— Tá certo. Tô sentado aqui.

— Toma. Isso dá para pagar as cocadas?

— Demais, moça. Deus abençoe. Amém.

— Amém também. Mas vamos logo para a briga.

— Certo, moça. A pendenga começou com o seu Mocinho da quitanda. Ele encrespou com Helinho, de Dona Zita, que *tava* de olho cumprido para Maricota, a filha dele.

— Sei bem quem é. Aquela lambisgoia, sonsa, metida a santa, que se joga para todo rapaz e só o pai não nota.

— Isso sei não, mas sei que foi um arranca rabo dos diabos! Helinho se ofendeu quando o pai dela disse que ele era um tratante, desencaminhador de moças puras.

— Pura. Só se for. Uma descarada, isso sim.

— Isso sei não. Só sei que o Helinho ficou fulo e partiu pra cima do velho. Aí o Marcão, da oficina, não gostou de um moço bater num velhote. E aí deu um soco na cara do Helinho, que caiu duro no chão.

— Coitado do Helinho. Tão bonitinho, com cara de anjo. Não merecia. E aquele Marcão, um brutamontes, com aqueles músculos todos. Ai, meu Deus. E ele estava fazendo o quê na quitanda? A oficina não é duas ruas lá atrás?

— Isso sei dizer não, mas, se a moça me permite, parece que ele também tem uma queda pela Maricota.

— Não é possível. O Marcão também? O que aquela fulana magricela e pálida tem para os rapazes ficarem assim?

— Isso sei não, mas que todo dia tem uma fila de moços lá, tem. Até flores já vi ela receber.

Nem fale isso, moleque. Flores?

— Isso mesmo, dona. Daquelas bonitas, com laço de fita e tudo.

— Que droga. Mas conta mais. E a briga?

— Nem sabe, dona, a coisa engrossou quando Dona Zita chegou lá e viu o filho despencado no chão. Foi um arerê. Deu bolacha em todo mundo, até no Marcão. Helinho acordou com o barulhão que ela fez. Maricota se agarrou nele chorando e pedindo perdão. Seu Mocinho puxou a filha e proibiu ela de chegar perto dele de novo, senão ia colocar a filha porta afora de casa.

— Que criatura indecorosa. Agarrando homem na frente de todo mundo. Bem-feito o pai ter proibido a sem-vergonhice. Assim ela nunca vai se casar com ninguém.

— Disso sei não, moça. Só sei que Dona Zita, com pena dos dois, resolveu apoiar eles. Disse que se Maricota fosse pra rua, colocava ela dentro de casa e casava ela com o Helinho.

— Nem acredito que aquela velha fez isso. Como apoiar um disparate desse? Eu nunca faria uma coisa dessa. Nunca me casaria com um rapaz que meu pai rejeitasse. Ela não pode se casar com Helinho. Não com o Helinho, o rapaz mais bem apessoado, educado, colocado na vida. Ela não o merece.

— Isso sei não, mas sei que Maricota correu pra dentro de casa, fez uma trouxa e foi embora com Dona Zita e Helinho. Disseram que o casório é logo.

— Mentira. Você está inventando isso, moleque. Seu Mocinho nunca ia deixar a filha fugir de casa por baixo das barbas dele.

— Minto não, moça. É verdade verdadeira. Seu Mocinho nem pode fazer nada. Sentiu um passamento e o povo levou ele pro doutor. Disseram que não morreu não, mas vai ficar uns tempos na cama.

— Droga. Esse mundo é muito injusto mesmo. Aquela sem classe, devassa, oferecida, da Maricota se casando com o Helinho. E eu, uma moça de família, comportada, que só desejo o bem a todos, não gosto de fofocas ou intrigas e, além de tudo, modesta, estou no caritó. Você não acha, moleque?

— Isso sei dizer não. Só sei que já vou, antes que a mãe me arranque o couro.

Olhar de soslaio

Letícia olhava para a outra menina de soslaio. Via-a pelo canto do olho direito, uma imagem oblíqua e imperfeita. Aquela maneira de olhar tinha as suas limitações, impedindo a pessoa de formar o quadro completo, com os detalhes de forma e profundidade. Não se podia captar as coisas pequenas, como o que estava escrito na capa de um livro, a cor do broche preso ao casaco, as figuras impressas no caderno que descansava ao lado da dona, a cor do batom, e outras coisas. Só se conseguia tal riqueza encarando o objeto que se deseja observar com um olhar direto e reto. Mas Letícia sempre optava pelo olhar de soslaio, assim se mantinha incógnita, uma observadora externa vendo o filme desenrolar na tela, como se espia através de um buraco escondido na parede, sem se envolver ou entrar em um contato mais íntimo. Apenas observar e armazenar dados.

Ela manteve, o tempo todo, a cabeça parada, fingindo olhar o jardim na sua frente. Não conseguia desviar a sua atenção, mas não queria que a outra notasse a sua intromissão naquele momento particular. Ela, com toda certeza, não aprovaria tal invasão e pensaria, igual às outras meninas da escola, que Letícia não passava de uma esquisita. Apenas porque se dava melhor com os livros do que com as pessoas. Ela nunca sabia a coisa certa a falar, por isso se fazia acompanhar dos personagens dos seus livros, que não a criticavam por ser socialmente inadequada.

A outra menina não se dava conta que estava sendo observada e continuava a ler o seu livro novo, sentada no banco comprido que ocupava toda a lateral do jardim interno do colégio. Sorria ao ler um trecho do livro e, lépida, virava a página. Consumindo-a num átimo e partindo para a próxima. Ajeitava o corpo de tempos em tempos, para aliviar a rigidez dos músculos parados por longos minutos, mas o livro não saiu do seu campo de visão.

Letícia se arriscou a virar o pescoço com discrição, mirando a capa do livro lido com tamanho entusiasmo pela aluna novata. Por certo que estava curiosa mais com a leitura do que com o aspecto da menina nova no colégio. Sabia que não teria uma nova amiga ali, mas poderia ter uma sugestão de leitura. Conseguiu ler, não sem certa dificuldade, o título: *Mulherzinhas*. As letras eram maiores, facilitando pescar a palavra. No entanto, o nome do autor estava escrito em letras bem menores. Para sabê-lo, teria que se aproximar.

Letícia se encheu de coragem e se sentou no banco ao lado da outra garota, a uma distância segura. Olhou novamente de soslaio. Não conseguiu ver o que queria. Daquele ângulo, as letras distorciam. Girou a cabeça e, por fim, realizou o seu intento. Poderia nesse mesmo dia ir à livraria e comprar o livro de L. M. Alcott.

— É um livro legal.

— Oi?

— Notei que se interessou pelo meu livro. Quer vê-lo? Toma, pode pegar. Eu estou adorando.

Letícia estendeu as mãos trêmulas e pegou o livro com veneração. Era lindo. Uma capa colorida, onde se via o desenho de quatro garotas em diferentes posições, vestidas com roupas de outra época. Adorou também. Enquanto examinava o objeto, a outra menina não parava de tagarelar sobre livros, histórias e personagens. Marina ficou até zonza. Olhou a garota de frente, não de soslaio, vendo uma imagem especular. *Outra esquisita devoradora de livros.* Naquele dia, no jardim interno do colégio, descobriu um novo livro e uma nova amiga. Nunca mais olharia de soslaio.

Este livro foi composto por letra em Adobe Garamond Pro
11,5/15,0 e impresso em papel Pólen Soft 80g.